Property of
PSJA ISD
Dual Language Program

Como un galgo

A Kate, Belinda, Ita y Ellen

Editorial Bambú
es un sello de Editorial Casals, S.A.

Título original: *A Greyhound of a Girl*

© 2011, del texto, Roddy Doyle
© 2012, de la traducción, Roser Vilagrassa Sentís
© 2012, de esta edición, Editorial Casals, S.A.
Casp, 79 – 08013 Barcelona
Tel.: 902 107 007
www.editorialbambu.com
www.bambulector.com

Diseño de la colección: Miquel Puig
Diseño de la cubierta: Miquel Puig

Primera edición: septiembre de 2012
ISBN: 978-84-8343-211-2
Depósito legal: B-13675-2012
Printed in Spain
Impreso en Anzos, S.L. - Fuenlabrada (Madrid)

COMO UN GALGO

Roddy Doyle

Traducción
Roser Vilagrassa

bam bú
EDITORIAL

Mary

Mary odiaba el hospital. Odiaba pasear por allí. Lo odiaba todo.

Salvo una cosa. Su abuela.

Odiaba el hospital, pero quería mucho a su abuela.

M

me quedaba sola [...] en el pasillo pensar por alba, en
odiar a todo.
salvo una cosa: su muerte.
Odiaba el horror, pero quería huir de su muerte.

1

Mary O'Hara iba andando por su calle, de camino a casa, donde vivía con sus padres y hermanos. El autobús de la escuela la había dejado en una esquina, al pie de la colina. La calle era larga, recta y bastante empinada, y a ambos lados crecían unos castaños enormes y añosos. Aunque llovía, Mary no se estaba mojando demasiado, pues las hojas y las ramas de los árboles formaban una especie de techo. De todas maneras, eso de la lluvia y de mojarse eran cosas que preocupaban a los mayores, y no a ella... ni a nadie por debajo de los veintiún años. Mary tenía doce. Tendría doce años durante los ocho meses siguientes. Después se convertiría en una adolescente... aunque ya se sentía como tal.

Regresaba a casa a la misma hora casi todos los días, y solía volver con su mejor amiga, Ava. Pero aquel día era distinto, porque Ava no la acompañaba. El día antes, esta se había mudado con su familia a otro barrio de Dublín.

Aquel día, los vecinos que miraron por la ventana vieron pasar a Mary sola. Por supuesto, estaban al corriente de todo. Eran de esos que disfrutan fisgoneando por la ventana. Habían visto el camión de las mudanzas frente a la casa de Ava. Habían visto a Mary y Ava darse un abrazo, y habían visto a Ava subirse a su coche, que luego siguió al camión. Y al alejarse el vehículo por la calle, habían visto a Mary decirle adiós con la mano, y luego entrar corriendo en su casa. Puede que hasta oyeran el golpe que dio la puerta al cerrarse. Puede que oyeran las patadas de Mary al subir las escaleras corriendo, y el gruñir de los muelles del colchón cuando se dejó caer de bruces sobre la cama, pero seguramente no la oyeron llorar, y está claro que no oyeron el ruido más leve de los muelles de la cama, que sonó al poco rato, cuando Mary notó que, pese al desconsuelo que sentía, también tenía un hambre canina. Así que se levantó y bajó a la cocina y comió hasta más no poder.

De modo que aquel día, Mary subía la colina sola. Estaba a punto de llegar a su casa, pero antes tenía que pasar frente a otras. Al pasar bajo un hueco que había entre dos árboles, la lluvia la mojó, pero ni siquiera se dio cuenta... o le dio igual.

En una ocasión, alguien le había contado que cuando a una persona le cortaban una pierna, seguía notándola mucho después de haberla perdido. Cuando le picaba y se disponía a rascarse, entonces recordaba que no tenía pierna. De este modo se sentía Mary. Tenía la sensación de que Ava la acompañaba de vuelta a casa. Sabía que no era así, pero de todos modos a cada rato miraba a su lado... y eso era peor.

Mary sabía perfectamente que Ava estaba en otro barrio de Dublín, a solo siete kilómetros de allí. Pero si hubiera estado actuando en una película o en una obra de teatro y le hubieran dicho que tenía que llorar, habría pensado en Ava, y no le habría costado. Estar enfadada y demostrarlo también habría sido fácil. Mary no entendía por qué la gente cambiaba de casa. Era una estupidez. Y tampoco entendía por qué, al preguntar a sus padres –a los de Ava– si una amiga (Ava) podía quedarse a vivir con la otra (Mary) en vez de mudarse, se habían negado.

–Si se queda con nosotros no tendréis que alimentarla –le había dicho Mary a la madre de Ava el día antes del traslado–. Os ahorraréis un montón de dinero.

–No.

–Sobre todo con la recesión y todo eso.

–No.

–Pero ¿por qué? –preguntó Ava.

–Porque eres nuestra hija y te queremos.

–Entonces haz un sacrificio y deja que se quede –dijo Mary–. Si la quieres de verdad. Esto no tiene ninguna gracia.

–Ya lo sé –dijo la madre de Ava–. Pero es que es tan gracioso...

Y estas eran precisamente las estupideces que decían los mayores. Veían a dos amigas del alma que no querían separarse, que preferían morir antes que separarse..., y decían que les parecía gracioso.

–Y las guerras y las hambrunas también te parecerán graciosas, ¿no? –le soltó Mary.

–Eso que has dicho no es muy agradable que digamos, Mary –respondió la madre de Ava.

–Me da igual.

Mary se plantó frente a la puerta principal de la casa de Ava. Luego intentó cerrarla de un portazo, pero no pudo, porque en el recibidor había una alfombra gruesa que, al parecer, obstruía la puerta. Así que, en vez de dar un portazo, imitó el sonido, gritando:

–¡Pam!

Y se marchó echando chispas a su casa, donde fue más fácil dar un portazo.

–Llueve que da gusto.

Mary había oído una voz, pero no veía a nadie. Estaba sola en la calle, enfrente de su casa.

Entonces vio a la mujer.

Mary pensó que seguramente había salido de detrás de los árboles.

Era una mujer vieja... o no, en realidad no lo era. Entonces se dio cuenta de por qué parecía vieja. Iba anticuada. Llevaba un vestido que parecía haber salido de una película antigua, de esas con las que su madre siempre lloraba. Tenía el aspecto de una de esas mujeres que ordeñan vacas y avientan heno con una horquilla. Incluso llevaba unas botas enormes con cordones gruesos.

En ese momento, un pájaro debió de espantarse y echar a volar, porque las hojas de los árboles se movieron, y les cayó un montón de agua en la cabeza. Mary se rió: ahora sí que había notado las gotas. Pero aquella mujer vieja no pareció notarlo. De hecho, ni siquiera estaba mojada, pero...

–Desde luego, llueve que da gusto –repitió la mujer–. Supongo que te habrás llevado a casa hartos deberes.

–Lo normal –dijo Mary.

–¿Qué es lo normal cuando te los llevas a casa?

Mary volvió a reírse: aquella mujer hablaba como su abuela. Pero al pensar en ella se puso triste y volvió a enfadarse. Estaba a punto de echarse a llorar... o eso creía.

–¿Qué te pasa? –le preguntó la mujer.

–Mi abuela está enferma –dijo Mary.

–Ya lo sé.

–Si ya lo sabe, ¿por qué me lo pregunta?

–Desde luego, eres descocada.

–¿Qué significa eso?

–Que eres descarada.

–Me lo dice todo el mundo. Que soy descarada. Pero no lo soy. Solo soy sincera.

–Bien hecho.

Mary volvió a mirar a la mujer. Lo cierto era que ni siquiera era vieja. Parecía más joven que su madre, aunque era difícil saber qué edad tenía un adulto. Mary estaba segura de que nunca había visto a aquella mujer.

Siempre le habían dicho que no hablara con desconocidos.

–Pero eso es una tontería –le respondió a su madre una vez que se lo dijo, hacía unos años.

–¿Por qué es una tontería?

–¿Tú conocías a papá la primera vez que os visteis? –le preguntó Mary.

–No.

–Pues era un desconocido.

–Pero...

–Y hablaste con él. Así que, si nadie hablara con desconocidos, nadie se conocería ni se casaría, y la especie humana se extinguiría.

–Es que tu padre no era nada extraño.

–Sí que lo era. Tenía que serlo.

–Me refiero a que no era una persona extraña –le explicó su madre–. Era simpático.

–¿Simpático? –repitió Mary–. Los simpáticos son de los que hay que desconfiar.

Su madre se rió, y ella le preguntó:

–¿Qué te parece tan gracioso?

–¿Quién te ha dicho eso?

–La abuela.

–Me lo imaginaba. Bueno, pues no le hagas caso.

–No hables con desconocidos, no le hagas caso a la abuela... Al final, no podré hablar con nadie.

–Tú ya sabes qué quiero decir.

–¿Sobre los desconocidos?

–Sí.

–No te preocupes, mamá. No hablaré con nadie.

Sin embargo, en aquel momento lo estaba haciendo.

–¿De qué conoce a mi abuela? –le preguntó a la mujer.

–Bueno, simplemente la conozco. –La mujer dio un paso atrás y resplandeció, como si de pronto la hubiera cubierto una lámina de plástico transparente–. Así es la vida –añadió y sonrió, volviendo a adoptar un aspecto sólido.

Pero a Mary le dio un poco de miedo y de frío.

–Tengo que irme –anunció.

–De acuerdo.

Aun así, la mujer no se apartó. Ni siquiera se movió. Sin embargo, de algún modo tenía que haberlo hecho, porque ya no estaba delante de Mary.

Mary se dirigió apresuradamente hacia la verja de su casa. Tras ella, oía los pasos de la mujer, que la seguía.

–Hazme un favor, ¿sí, Mary?

Mary se dio la vuelta.

–Dile a tu abuela que será magnífico –le pidió la mujer, que aún tenía una sonrisa en los labios.

–¿Cómo sabe que me llamo así?

–Bueno, es que la mitad de las niñas irlandesas se llaman Mary.

–Eso no es verdad. Yo soy la única en mi calle.

–Bueno, en mi época todas se llamaban Mary... Anda, vete. Te veré otro día.

¿Otro día? Mary tendría que haberse preocupado, asustado incluso. Y, de hecho, se quedó preocupada, y hasta se asustó un poco, pero no tanto como esperaba. Aquella mujer había aparecido de la nada. Sabía cómo se llamaba y lo que le pasaba a su abuela... Mary tendría que estar muerta de miedo, pero no lo estaba. Había algo en aquella mujer, en su forma de hablar, en su rostro, en su sonrisa..., había algo familiar. Mary no la conocía, pero ella sí.

Y aunque no estaba muerta de miedo, echó a correr hasta la puerta de casa, y llamó en vez de abrir con la llave que guardaba en la mochila de la escuela. Mientras llamaba, se volvió para mirar, pero la mujer ya se había ido.

Oyó la puerta abrirse.

–¡Mary!

Era su madre.

–¿Cómo ha ido la escuela?

–Nos hemos dedicado a hacer tonterías –respondió, y entró en el recibidor, dejando a su madre en la puerta.

–¿Dónde vas con tanta prisa?

–Tengo un hambre que me muero.

P erder a tu mejor amiga era un desconsuelo, aunque, por otra parte, tampoco estaba tan mal. Y es que desde que Ava se había ido, los padres de Mary le habían prometido que le comprarían unos vaqueros y dos camisetas nuevas, y que irían al cine; además, le dejaban comer torrijas dos días seguidos.

Aquel día, cuando su madre abrió la puerta, la casa no olía a torrijas, pero le dio igual, porque pensaba prepararárselas ella misma. Ya tenía decidido que, de mayor, sería chef.

–¡Qué gran idea! –exclamó su madre cuando se lo comunicó.

–Deja de hablar así, mamá.

–¿«Así», cómo?

–Así, como... !!!!!!!!!!!!!!

–¡Pero si yo no hablo así! –exclamó su madre, que se llamaba Scarlett–. ¡¿O sí?!

–Sí, sí que hablas así.

–Pero ¿siempre?

–¡Sí!

–¡Pues perdona! –susurró Scarlett.

–Hasta los susurros acaban en !!! –susurró Mary a su vez.

–Has dicho que querías ser chef.

–Sí.

–En concreto, creo que has dicho chef de fama internacional.

–Sí.

–Entonces, ¿en qué te vas a centrar primero: en lo internacional, en la fama o en lo de ser chef?

A Mary le encantaban esas preguntas, así que se paró un momento a pensar y, a los diez segundos, respondió:

–En lo de ser chef.

–¡Yo creo que es lo mejor!

–Yo también: hay que ser chef antes de ser un chef famoso.

–¡Exacto!

–Igual que para ser un famoso asesino, antes tendría que matar a alguien –dijo Mary–. Y no miro a nadie...

Como, en general, el descaro se entiende como un signo de inteligencia, a Scarlett solía gustarle que Mary fuera descarada a veces. *La lista de mi hija me ha vuelto a insultar.* Aunque a veces se hacía algo pesada, y hasta los ronquidos de Mary le parecían descarados.

–¡Venga, Mary, ya está bien! –le pidió Scarlett.

Y Mary se calló. Porque si el descaro era una señal de inteligencia, estar callada también lo era.

La intención de Mary era cocinar un plato distinto cada día y, poco a poco, preparar platos cada vez más complicados. Habían elaborado una lista de platos que cocinar durante diez días. A Scarlett le encantaban las listas... pero Mary se mantuvo callada.

Aquel día, justo después del encuentro con la desconocida en la calle, Mary fue directa del recibidor a la cocina.

–¡Pareces un poco más contenta! –le dijo su madre.

En una situación normal, aquel comentario le habría molestado mucho a Mary, porque era como si su madre la forzara a ser feliz. Pero cuando se disponía a decirle que no, que no estaba más contenta, se dio cuenta de algo: de que sí, de que estaba más contenta.

De modo que cerró la boca y luego declaró:

–Creo que sí.

–¡Qué bien! ¡Así que te lo has pasado bien en la escuela!

–No.

–¡En el autobús de vuelta a casa!

–No.

–Bueno, seguro que tienes hambre.

–No... –repitió Mary–. O sea, sí. Tengo un hambre que me muero. Pero no me encuentro mejor por eso. La gente que se muere de hambre no se siente mejor.

–Entonces, ¡¿por qué estás mejor?!

Mary ya estaba rompiendo unos huevos contra el borde de un cuenco de cristal.

–He conocido a la nueva vecina. Es simpática.

–¡¿Qué nueva vecina?! No me digas que ya se han instalado nuevos inquilinos en la casa de Ava.

Cuando Mary empezó a batir los huevos, su madre se

apartó. Su mano era una imagen borrosa, y unas motas de yema de huevo salpicaron la pared; parecían moscas amarillas suicidándose.

—No —dijo Mary—. La casa de Ava parece vacía. Creo que se ha instalado en otra. Es vieja.

—¿Vieja?

—O sea, no es vieja. —Ya había terminado de batir los huevos, buena parte de los cuales no se habían salido del cuenco—. Hablaba como una vieja. Pero, de hecho, diría que era de tu edad. O puede que más joven.

—¡¿Que hablaba como una vieja?!

—Sí —dijo Mary—. Tenía una forma de hablar anticuada. Como la abuela. Y la ropa que llevaba también era antigua. Llevaba un vestido y eso.

—No creo que la haya visto.

Mary había añadido sal y leche al huevo. Se disponía a meter la primera rebanada de pan en la mezcla, cuando Scarlett le preguntó:

—¿Cómo se llama?

—No lo sé.

Puso la sartén sobre la cocina y encendió el gas. Le encantaba el ruido del fogonazo, y el color azulado de la llama. Era mucho más interesante que el rojo. Puso la mantequilla en la sartén y contempló cómo se fundía hasta consumirse. Luego metió la primera rebanada empapada de huevo y leche.

—Se lo preguntaré la próxima vez. Es maja. Igual de maja que esta torrija.

La primera rebanada fue para Scarlett.

—¡Gracias! ¡Qué rica!

—Cómetela primero, y luego me dices qué te parece.

–¡Ahora mismo! Mmm... ¡Más rica todavía!

Se comieron tres rebanadas cada una.

–¿Estás lista? –le preguntó su madre, mientras dejaba los platos y los cubiertos en el fregadero.

Trató de decirlo con más entusiasmo que de costumbre, pero la madre de Mary detestaba aquel momento del día, el viaje al hospital, que se había impuesto sin más en su rutina diaria durante las últimas cinco semanas. Y lo detestaba tanto como Mary.

–Lista –respondió Mary.

A Mary no le gustaba el hospital. Odiaba el olor de aquel lugar, y el ruido, y la gente que lloraba y se abrazaba en los pasillos, y los enfermos en bata que fumaban y tosían en la puerta de la entrada. Aquel lugar la atemorizaba. Hasta el nombre (Hospital del Sagrado Corazón) daba un poco de miedo. La gente lo llamaba el Sagrado Corazón. *Está ingresada en el Sagrado Corazón.* Mary se imaginaba un corazón enorme y sangriento con una puerta húmeda y abarrotada por la que había que abrirse paso a empujones, con sangre que goteaba del techo. Sabía que aquella imagen era absurda. En realidad, el hospital era un edificio gris, del que no goteaba sangre, por supuesto, aunque en un pasillo había goteras. Pero en las paredes y las puertas había toda clase de carteles que advertían de la gripe porcina y el H1N1, de las gripes estomacales y la tos, y que aconsejaban usar los desinfectantes y lavarse las manos, y que recordaban que había que pagar las facturas. Mary lo odiaba, no por miedo a contraer la fiebre porcina o una gripe estomacal el primer día de invierno. Lo que no le gustaba era el ambiente que se respiraba: todas aquellas enfermedades y advertencias. Mary quería mucho a su abuela, pero no le gustaba tener que ir a verla, y esto también la hacía sentir mal.

Su abuela estaba muy enferma, pero también estaba muy alegre. Cuando veía a Mary, su sonrisa crecía y se ensanchaba.

—Ven, ponte aquí, a mi lado —le dijo aquel día.

—Vale.

Se quitó las botas, se subió a la cama y se tumbó al lado de su abuela.

—Abuelita... Qué dientes más grandes tienes...

Era una broma entre la nieta y la abuela, que hacían desde la primera vez que esta le había leído «Caperucita Roja», cuando Mary solo tenía cinco años (aunque, a decir verdad, la abuela de Mary tenía los dientes bastante grandes).

Su abuela volvió a sonreír.

—Son para comerte mejor, cariño.

—Empieza por los pies —le pidió Mary.

—Están demasiado lejos. Es que creces muy deprisa.

—Ya lo sé. Se me da bien, eso de crecer.

—¡Será alta como tú, mamá! —dijo Scarlett.

—Como nosotras —concretó la madre de Scarlett—. Porque las tres somos altas.

—¿Cómo te encuentras hoy? —le preguntó Mary.

—Bueno, la verdad es que me he encontrado mejor otras veces. Yo ya no voy a crecer más. Pero, eso sí, la cama es estupenda y cómoda. ¿Qué has hecho hoy en la escuela?

–Nada.

–¿Nada? Era mi asignatura preferida. Se me daba bien no hacer nada. Siempre era la mejor de la clase.

Entonces su abuela se durmió. Y eso también asustó a Mary. La asustaba la rapidez y la facilidad con que su abuela se quedaba dormida. Era algo repentino, como si la desconectaran, sin sonrisa o bostezo previos; se dormía al instante.

Mary le besó la frente. Luego se bajó de la cama. Scarlett también le dio un beso en la frente. Y la abuela abrió los ojos.

–Tengo miedo, Scarlett –dijo en voz muy baja.

–No pasa nada, mamá.

–Tengo miedo de no volver a abrir los ojos.

–Ya lo sé. Pero ahora los acabas de abrir.

–Es verdad. Aún no estoy muerta.

–No –dijo Scarlett–. Aún no.

–Allá voy –dijo la abuela y cerró los ojos.

Volvió a abrirlos.

–Solo me quería asegurar. –Y volvió a cerrarlos.– Ya está. Estoy bien. Hoy estoy demasiado animada para morirme.

Mantuvo los ojos cerrados. Scarlett y Mary se fijaron en su respiración y en la sonrisita de su rostro. Se había dormido.

Entonces se marcharon.

–¿Qué le pasa a la abuela en realidad? –le preguntó Mary a su madre en el coche de vuelta a casa.

–En realidad, no le pasa nada. Es que es muy mayor, ¿sabes? Y nadie vive eternamente.

–¿Y por qué no?

Su madre la miró.

–Porque así son las cosas. Somos mortales. Sabes lo que significa, ¿no?

–Sí, claro –respondió Mary–. Pero es que es algo tan perverso... Sobre todo cuando le pasa a alguien a quien quieres.

Las dos se echaron a llorar. Y luego se echaron a reír, porque lloraban.

–Ay, cariño –dijo Scarlett–. Casi no veo la carretera.

–¿Qué ha pasado con las !!!? –preguntó Mary.

–¿Qué?

–Las !!!.

–Ah... Por lo visto, cuando voy al hospital se esfuman.

De vuelta a casa, los hermanos de Mary ya habían regresado de la escuela.

–¡Hola, chicos!

–Ya han vuelto –dijo Mary.

–¿Los chicos?

–No, las !!!.

–Pues ¡qué bien!

Los muchachos ya estaban en casa, pero a Mary le daba igual. Eran mayores que ella, uno de catorce y otro de dieciséis, además de aburridos y raros. Se llamaban Dominic y Kevin, pero ahora preferían llamarse Dommo y Killer. Tenían la voz grave, que hacía vibrar todas las tazas de la cocina, y muchas partes de la casa olían al desodorante de la marca Lynx, que a Mary le hacía llorar los ojos cada vez que se cruzaba con una nube del producto recién vaporizado. Ellos reían mucho, y nunca le explicaban por qué.

Una hora después, Mary estaba cenando con Dommo, Killer, su madre y su padre, que se llamaba Paddy.

Los chicos reían y se daban codazos.

–¿Qué os parece tan divertido?

–Nada –dijo Dommo.

–¿Hay helado? –preguntó Killer.

–¡Es un día entre semana! –exclamó Scarlett–. Pero ¿de qué os reís?

–De nada.

–¿No os reís de nada? –dijo Paddy–. Pues ya me gustaría veros cuando os reís de algo.

Los chicos dejaron de reírse.

–Me rindo –dijo Paddy.

Y los hermanos volvieron a reírse.

–¿Cómo estaba hoy tu madre? –le preguntó Paddy a Scarlett.

–Bien... No, bien no. Como siempre. Dios mío, parece una crueldad el simple hecho de hablar de esto.

Dominic y Kevin ya no se reían. Querían a su abuela. Desde que tenían memoria, ella los llamaba «sus chiflados». Siempre los escuchaba, prestaba atención a cualquier queja o protesta suya, y siempre les respondía lo mismo: «Tenéis toda la razón.» Y siempre los recibía de la misma manera desde que Dommo tenía cinco años y Killer tres: «¿Ya tenéis novia, chicos?» Solo habían ido a verla al hospital una vez y se habían pasado el rato enseñándole a su abuela a usar el iPod. Tuvieron que enseñarle a ponerse los auriculares, para lo cual su abuela trató de incorporarse. Con un iPod en la mano, gritó:

–A ver cómo suenan estos tipos. –Y leyó:– The Kings of Leon.

Después de escuchar unos treinta segundos de una canción, gritó:

–No están mal. Pero no tienen ni punto de comparación con Elvis.

–¿Te gusta Elvis, abuela? –preguntó Dommo.

–¡¿Qué?!

–Que si te gusta Elvis.

–¡Me encanta! –gritó.

–¿Llegaste a verlo alguna vez? –preguntó Killer.

–No, nunca. Nunca vino a cantar a nuestro barrio. Pero seguro que no tardaré en conocerlo, chicos.

Dommo y Kevin se rieron porque eso era lo que ella quería, pese a haber aludido a su propia muerte, pero en realidad no era nada nuevo. Siempre los hacía reír. Igual que Mary, odiaban el hospital, y el hecho de que casi nunca iban, pero se negaban a ir porque no soportaban aquel lugar. Se sentían como un par de cobardes a pesar de no hablar nunca de ello. Echaban de menos a su abuela, y sentían pena por su madre y por sí mismos, pero una vez allí tampoco sabían qué decir, y eran demasiado mayores para dar abrazos. Eran demasiado mayores para todo.

Sin embargo, esa noche se quedaron en el salón con Mary y sus padres después de cenar, y miraron juntos el programa «Irlanda tiene talento».

–Bueno –dijo Paddy durante los anuncios–. Solo puedo decir que Irlanda no tiene talento.

Los chicos no se rieron.

–¡A mí me parece bueno! –exclamó Scarlett.

Los chicos se rieron.

–¡El tipo con el cepillo de dientes que cantaba hacía gracia!

Los chicos se rieron.

–Pero ¿le has visto los dientes? –dijo Paddy–. Los tenía podridos.

Los chicos no se rieron.

–¿Y por qué esto no os hace gracia? –les preguntó Paddy.

Los chicos se encogieron de hombros.

–Es que... –dijo Killer.

–¿Es que qué?

Killer se encogió de hombros.

Acabaron de ver el programa. Hubo tres interpretaciones más: una mujer que hizo malabarismos con un cuchillo y que al poco rato abandonó el escenario quejándose, tocándose un hombro con la mano; un niño que dio vueltas sobre su cabeza hasta marearse, y una monja con una gorra de béisbol que cantó «Don't Stop Believing» en irlandés.

Cuando se terminó el programa, Paddy estiró las piernas y los brazos y, después de bostezar, anunció:

–¡A dormir todos! Pero... ¿qué os parece tan gracioso?

–Nada.

–Es que es muy pronto para irse a la cama –se quejó Killer.

–Nunca es demasiado pronto para irse a la cama –dijo su padre.

–Pues qué triste –se lamentó Dommo.

–Pues sí –asintió Paddy.

Se levantó y le dio el mando a distancia a Dommo.

–Procurad no mirar ningún programa educativo.

Sus hijos no se rieron.

–¡Qué bien que hayáis visto la tele con nosotros, chicos! –les dijo Scarlett.

–Ya.

–Apagadla dentro de media hora, ¿vale?

–Una hora.

–Tres cuartos.

–¡Buenas noches! –se despidió Scarlett–. Os quiero a los dos.

Dommo murmuró algo que sonó como «titambién», pero Killer no dijo nada.

Mary no dio las buenas noches a sus hermanos. No sabía cómo hacerlo. Ya no los conocía. Se habían convertido en dos extraños. A veces, muchas, eso le preocupaba. Le preocupaba acabar siendo como ellos. Dommo solo era dos años mayor que Mary, así que a ella únicamente le quedaban dos años de vida normal antes de empezar a resoplar y a reírse por cualquier cosa. A menos que esas cosas raras solo les ocurrieran a los chicos. Mary lo sabía todo acerca de su cuerpo y de lo que iba a pasarle pronto, pero eso no le preocupaba en absoluto. Le entusiasmaba la idea de todos esos cambios que estaban a punto de producirse. Los cambios por los que iba a pasar su cuerpo no la asustaban ni le preocupaban. Lo que le preocupaba eran los extraños cambios que habían convertido a sus hermanos en dos personas extrañas. No quería ser como ellos. Pensó que seguramente se sentían solos.

Pero ella también.

Se desvistió y se puso la ropa que le gustaba llevar para dormir: una sudadera con capucha y unos pantalones de pijama. Luego fue al baño y se cepilló los dientes. Le quedaba uno de leche; era la única de su clase que aún tenía alguno. Era uno del fondo, y se movía, así que lo empujó un poquito. El dentista le había recomendado que lo hiciera por las mañanas y por las noches.

–Cáete ya o te arrancaré –dijo, mirándose la boca en el espejo.

Amenazar al diente era idea suya, no del dentista. Se cansó de moverlo y subió a la habitación de sus padres. Los observó mientras leían sentados en la cama.

–¿Os habéis lavado los dientes?

–¡Sí!

–¡Se!

Aquello era una antigua rutina que se repetía todas las noches. Todas. Mary les hacía las preguntas tontas que hacen los adultos, y ellos le respondían como haría un niño. Era una costumbre de hacía años, que empezó una noche que Mary le leyó un cuento a su padre; y se rieron tanto, porque les pareció tan absurdo, que volvieron a hacerlo la noche siguiente y la siguiente, hasta que, incluso cuando sus padres aún no se habían acostado, por diversión hacían como si se fueran a la cama.

–¿Os los habéis cepillado los dos?

–¡Sí!

–Huéleme el aliento si quieres.

–No, gracias –dijo Mary–. Buenas noches.

Los besó a los dos en la frente.

–No tardéis en apagar las luces, ¿vale?

–Oooh...

–Vale.

Al cruzar la puerta y salir al rellano, cayó en la cuenta de algo: pronto dejaría de hacer lo que acababa de hacer. Lo sabía, sin más: sencillamente dejaría de apetecerle. Y eso la entristeció.

Al meterse en la cama se sintió sola. Tuvo la tentación de volver al dormitorio de sus padres, pero no se movió de su cama. Leyó un rato su libro, *Crepúsculo*, pero estaba cansada, y ni siquiera la historia –era el mejor libro que había leído nunca, y había visto la película siete veces– la mantuvo despierta. Apagó la luz de la mesita de noche, se tumbó y se durmió casi al instante.

Mary nunca corría las cortinas de su habitación. Le gustaban las distintas luces que entraban por la ventana de noche, sobre todo las sombras de las hojas al moverse y las luces de los faros de los coches al cruzar fugazmente el techo. A menudo se dormía contando coches, así que prefería dejar las cortinas sin correr.

Sin embargo, esa noche pasó algo interesante: y es que la mujer a la que había conocido aquella tarde estaba sentada en la repisa.

4

−¿**C**ómo te llamas? –le preguntó Mary.

–Tansey –respondió la mujer.

Era el día después del primer encuentro con la desconocida, que había aparecido de pronto, caminando a su lado, con el mismo vestido y las mismas botas del día antes. Las botas estaban cubiertas de barro, pero era un barro limpio y reluciente, como si hubieran pintado las botas para crear ese aspecto. Allí estaba otra vez, y Mary recordó de repente que se habían conocido el día antes. Ya lo había olvidado por completo.

–¿Tansey? ¿Es el diminutivo de otro nombre?

–Sí.

–¿De cuál?

–De Anastasia.

Mary se detuvo y miró a la mujer: Anastasia. El nombre también parecía anticuado, como todo lo que tenía que ver con ella. Por su parte, la mujer le sonreía. Aunque hacía frío, no llevaba chaqueta, ni siquiera jersey.

—Ese nombre me suena –dijo Mary.

—Seguro que sí, porque es un nombre normal y corriente.

—Me lo imagino. ¿Se ha mudado a la casa de Ava?

—No. ¿Y quién es esa tal Ava?

—Mi amiga. Pero ya no vive ahí. Se ha mudado.

—Qué lástima.

—Es una estupidez.

—Tienes toda la razón, muchacha.

—Entonces, ¿en qué casa vives? –insistió Mary.

—En ninguna.

—Ah, ¿no?

—No vivo en ninguna casa.

Mary se había puesto nerviosa otra vez. ¿Estaría loca la mujer? ¿Sería peligrosa? Pero Mary se fijó en su rostro y, al no detectar ningún indicio de locura o peligro, se tranquilizó. La mujer le sonreía y, de la comisura de un ojo, arrancaba una arruguita que parecía otra sonrisa.

—Ah, claro, vive en uno de esos pisos –dijo Mary, señalando un edificio gris y rojo que había al final de la calle.

—No, no vivo ahí. ¿Qué es un piso?

Tansey apoyó las manos sobre la tapia del jardín y se dio un impulso para sentarse encima. Lo hizo deprisa y sin dificultad; ni siquiera emitió un gruñido o un grito ahogado. Se quedó allí sentada como si fuera lo más normal del mundo para un adulto.

—Ahora súbete tú –le dijo a Mary, dando unas palmaditas a su lado.

Mary se quitó la mochila de la espalda y dio un salto para subirse a la tapia. Era buena encaramándose a los sitios, pero ya no solía hacerlo. Hacía muchísimo que no se había subido a un muro. Ni siquiera se acordaba de la última vez.

Se sentó junto a la desconocida.

–¿Cuál prefieres?

–¿Qué?

–¿Tansey o Anastasia?

–Ah... Siempre me llamaron Tansey. Nadie me llamó nunca Anastasia.

Tansey hablaba igual que su abuela hablaba a veces, como si recordara algo, como si incluso viera algo, que había ocurrido hacía mucho tiempo o muy lejos de allí.

–Supongo que era demasiado largo –dijo Tansey–. Seguro que ya me habría ido antes de que alguien llegara al final del nombre. A-nas-taaaa-siaaaa. Ya estaría a medio camino de Gorey en bicicleta. –Sonrió a Mary.– Qué bien se está aquí, ¿verdad?

–Sí.

–Hoy irás a ver a tu abuela, ¿no?

–Sí. Creo que sí.

–¿Le diste el recado ayer?

–¿Qué recado?

–Te dije que le dijeras que será magnífico.

–Se me olvidó.

La mujer puso cara de enfado durante medio segundo. Era extraño: su gesto recuperó la normalidad, pero traslucía la expresión de enfado, como si dos máscaras, una alegre y otra triste, se hubieran solapado. Entonces la expresión de enfado –la triste– desapareció, y la mujer volvió a sonreír.

–Acuérdate hoy –le pidió.

–De acuerdo.

–Dile que te lo ha dicho Tansey.

–¿La abuela te conoce?

–Sí, sí que me conoce... Me conocía. Bueno, supongo que tendrás deberes, ¿no?

–Sí –suspiró Mary.

–Pobrecita mía... Anda, más vale que vayas a hacerlos.

–Vale.

–¿Nos vemos mañana a la misma hora? ¿Pasará usted otra vez por aquí, señorita?

Mary se rió. Le encantaba la forma de hablar que tenía la mujer. Olvidó que, apenas hacía un minuto, estaba nerviosa. Y se olvidó de que aún no sabía dónde vivía Tansey.

De un salto, se bajó de la tapia y cogió la mochila.

–Pasaré otra vez por aquí, señora –dijo mientras se alejaba, tratando de sonar como la mujer.

Se volvió para ver si Tansey se había dado cuenta o si le había hecho gracia, pero ya no estaba allí.

¿O sí?

Porque Mary vio un resplandor como el de la pantalla de un televisor bajo la luz del sol. El vestido de la mujer, toda ella, se había esfumado, desvanecido. De pronto, como si una cortina hubiera tapado la luz, como si el sol se hubiera ocultado tras una nube, la mujer y los colores volvían a ser sólidos, volvían a estar allí.

Mary miró al cielo: de hecho, una nube había ocultado el sol.

–Bueno, adiós –se despidió Mary.

–Adiós.

Mary se alejó y volvió a mirar atrás.

–Sigo aquí –dijo la mujer–. Hoy tienes esas cosas largas para cenar, ¿verdad?

Mary se paró un momento a pensar.

–Espaguetis –dijo luego, al acordarse de que esa noche, la segunda de su plan para ser chef, iba a cocinar espaguetis.

–¿Se llaman así?

Mary se rió.

–Sí, se llaman así.

–Vaya comida tan singular.

–Son deliciosos.

–Bueno, hasta mañana.

–Hasta mañana.

Mary siguió andando hasta la puerta de su casa sin mirar atrás. Sacó la llave de la mochila y entró.

–¡Mary!

–Hola.

–¿Cómo ha ido la escuela?

–Nos hemos dedicado a hacer tonterías.

Los espaguetis a la boloñesa eran fáciles de cocinar. Su madre le enseñó un truco. Sacó un espagueti del agua hirviendo con un cuchillo.

–¡Ya verás!

Cogió el espagueti con los dedos y lo sostuvo un momento. Luego lo lanzó contra la pared, y se quedó pegado.

–¡Ya están listos! –exclamó Scarlett.

Mary se rió.

–¿Cómo lo sabes?

–¡Basta con lanzar uno contra la pared! Si se queda pegado, ¡es que está a punto! Si no, es que están crudos o pasados.

Scarlett cogió una lata de salsa boloñesa.

–¿No vamos a cocinar la salsa? –preguntó Mary.

–¡Sí, bueno..., en un sentido estricto sí! ¡Pero también hay que aprender a cogerle el tranquillo a sacar la salsa de la lata! ¡Es toda una habilidad que también hay que aprender! ¡Así se hace, Mary!

Mary acababa de verter la salsa en la olla sin derramar ni una gota.

–Es facilísimo –dijo.

Empezó a remover la salsa con la pasta. Costaba hacerlo con los espaguetis, como si opusieran resistencia.

–Vaya comida tan singular.

Scarlett se rió.

–¡Ya empiezas a hablar como tu abuela!

–¿Cómo sabía que iba a cenar espaguetis? –se preguntó Mary en voz alta.

–¿Quién? –le preguntó su madre–. ¡¿La abuela?!

–No. Esa mujer. Tansey.

Mary lo dijo mientras seguía peleándose con los espaguetis, tratando de mezclar la salsa de manera uniforme con toda la pasta, por lo que no se dio cuenta de que, de pronto, la cocina había quedado en silencio. Dejó de remover, pues la muñeca empezaba a dolerle. Entonces se dio cuenta.

–¿Qué pasa, mamá?

Su madre estaba pálida y tenía la boca un poco abierta.

–¿Tansey? –dijo.

–Sí. ¿Qué pasa?

–¿Quién es esa mujer?

–La vecina nueva. Ayer te hablé de ella, ¿no? Creo que sí.

–Sí, sí que me hablaste de ella. ¿Te la has vuelto a encontrar hoy?

–Sí. Es simpática. Y divertida.

–Perdona, cariño. Es que al oír el nombre...

–¿Qué pasa con el nombre?

Mary miraba a su madre, esperando que volviera a hablar.

–Tu bisabuela, la madre de la abuela, se llamaba Tansey.

Tansey

Casi todos los quehaceres matutinos estaban terminados, al menos las tareas de la granja, pero Tansey sabía que, en realidad, los quehaceres matutinos no eran gran cosa. Aún había que preparar la comida para tenerla lista cuando Jim y los demás hombres volvieran del campo, y quedaban las tareas de la tarde, que se alargarían hasta la noche, hasta poco antes de la hora de dormir. Era un largo día de trabajo.

Pero a ella le encantaba. En un día como aquel, a Tansey le encantaba todo lo que aún había que hacer. Eran los primeros días de primavera y la tierra abonada aún estaba dura. Le encantaba andar por encima de ella. Notaba los caballones a través de las botas. Venía de sacar los huevos de debajo las gallinas. Había llenado la cesta entera, y pensaba llevarlos a Enniscorthy a la mañana siguiente, cuando Jim fuera a vender la leche a la lechería. Solía acompañarlo en el carro, detrás del asno. Disfrutaba con aquello, con la compra y la charla. Se compraba una bolsa de caramelos de fruta. Durante su ausencia, la madre de Jim cuidaba de Emer y de James el Niño.

En ese momento, Emer corría delante de ella con un huevo entre las manos. Acababa de pasar la gripe. Había estado en cama más de dos semanas, y Tansey y Jim habían pasado unos días y unas cuantas noches preocupados por el intenso calor que desprendía el cuerpecillo de su hija. Pero Emer ya se encontraba de maravilla, se había recuperado del todo; no había de qué preocuparse. Emer corría como un rayo delante de ella, muriéndose de ganas de llegar a casa para enseñarle el huevo a la abuela.

–¡Un *güevo*! –gritó Emer, anunciando su llegada.

Desde allí, Tansey veía el vaho que salía de la boca de su hija, como una nubecilla que emanaba delante de ella. Aunque aquella mañana el aliento saliera en forma de vapor, no hacía frío. Era uno de esos días que parecen anunciar algo. El cielo era de un azul intenso y los corderos que pastaban lejos, en los campos, se oían como si estuvieran allí mismo. El invierno había llegado a su fin. Aún habría luz cuando trajeran a las vacas para ordeñarlas a última hora de la tarde. Emer llevaba puesto el abrigo, pero muy pronto lo colgarían en la percha y no volverían a bajarlo hasta finales de año.

Emer cumpliría tres años dentro de una semana. En concreto, el martes. De modo que Tansey compraría los ingredientes al día siguiente, cuando fuera a la tienda, para hacerle una torta dulce. Y Emer la ayudaría a prepararla. Qué bonito sería hacer un pastel juntas por primera vez.

Todo era bonito en un día como aquel.

A continuación haría la comida. La madre de Jim ya lo tendría todo preparado; las patatas ya estarían en el agua, hirviendo. Había ocho bocas que alimentar. Después de la cena, cuando hubieran limpiado la cocina, batiría un poco más de leche para hacer mantequilla. Así, al día siguiente podría llevarla a la lechería y, a los pocos días, alguien de Enniscorthy o incluso de Dublín se la estaría untando en la tostada o las patatas. Batir leche era un trabajo duro, pero el resultado era muy satisfactorio: la mantequilla. Era algo incomparable. Jim había grabado una hermosa T en todas las paletas para la mantequilla, de manera que su inicial –T de Tansey– apareciera en cada libra de mantequilla. Era algo maravilloso. Se sentía como una escritora cuyo nombre aparece en la cubierta de un libro. Jim le había regalado las paletas en Navidad, cosa que la había ruborizado y le había hecho sonreír como una niña bonita y grandullona.

Quería mucho a aquel hombre, su marido. Y él también la quería. Tansey lo veía siempre que la miraba. Siempre que lo pescaba mirándola. Su marido. Aún no estaba acostumbrada del todo a la idea, a pesar de que en abril haría cuatro años que se habían casado, y de que ya tenían dos hijos, Emer y James el Niño. El 11 de abril de 1924 fue el día en que dejó de ser Tansey Wallace y pasó a llamarse Anastasia Mary Stafford. Anastasia solo para el gran día, y Tansey Stafford para el resto de su vida.

Antes de entrar en casa dio de comer a los galgos. Abrió la verja de la perrera. Emer siguió corriendo hacia la casa con el huevo entre las manos. Aquellos perros no le gustaban.

–¡Son demasiado huesudos! –decía.

Y tenía razón. Aquellos perros de caza eran seres flacuchos, demasiado huesudos para acariciarlos a gusto. A Emer le encantaba Parnell, el viejo perro pastor. Se pasaba el día tumbado al calor del fuego, pues ya estaba demasiado sordo para oír a las ovejas o para ocuparse de que no se descarriaran. Pero a Tansey sí que le gustaban los galgos. Al entrar, frotaron contra sus manos sus hocicos puntiagudos. Como sabían que estaba allí para darles de comer, los siete la siguieron.

–¡Qué gusto da que te quieran! –les dijo.

Al día siguiente no comerían nada, porque Jim iba a llevárselos a Enniscorthy para las carreras y quería que persiguieran a la liebre hambrientos. El suelo era blando. Aunque volvió a comprobar la puerta, todo estaba en orden: no se había olvidado de pasar el cerrojo al entrar. En aquella esquina daba el sol de la mañana. Como no se había formado una capa seca de barro en el suelo, tendría que lavarse las botas, pero aquello también era estupendo. Como era un día magnífico, no le dolería la espalda al agacharse para quitárselas. Por muchos quehaceres que tuviera, se sentiría joven. Tenía veinticinco años, y en un día así, podía decirse que Tansey Stafford solo tenía veinticinco años.

Una vez que hubo alimentado a los perros y se quedaron saciados, Tansey salió de la perrera, volvió a pasar el cerrojo y se dirigió hacia la casa. De pronto era ella quien tenía hambre. En septiembre arreglarían el tejado. Estaba decidido: disponían del dinero necesario. Tenían la misma techumbre de juncos y paja desde la época anterior a la hambruna, desde que la madre de Jim era niña. En aquel tejado había ratones que nunca habían visto la luz del día. Una noche le cayó uno sobre el regazo, mientras estaba sentada al fuego, buscando el agujero de un calcetín que pensaba zurcir. Y aunque no era más que un ratoncillo, le dio un buen susto. El grito le salió antes de poder contenerlo. Despertó de un susto a Emer, y hasta hizo dar un respingo al niño, que ni siquiera había nacido y dormitaba en su interior. Se sintió como una tonta, sobre todo al ver el tamaño del pobre animal, que había caído de su madriguera, pero Tansey había crecido en una casa con techo de pizarra. Su padre era policía y siempre habían vivido en cuarteles, según dónde lo destinaban. Hasta que le dieron un trabajo en una mercería de Gorey a los diecisiete años, y se instaló en una habitación encima de la tienda, que compartía con otra chica llamada Eileen. Un día conoció a Jim al salir de la iglesia y resbalar sobre una capa de hielo. Y aunque este no llegó a tiempo para evitar la caída, llegó a tiempo para levantarla del suelo.

–¿Fuiste lento a conciencia? –le preguntó ella luego, cuando su relación ya estaba a la orden del día y todos sabían que iban a casarse.

–Pues sí –respondió Jim–. Porque sabes caer con mucha gracia. Fue como un espectáculo.

–Menos mal. Si no me hubiera caído, no me habrías preguntado si estaba bien y yo no te habría dicho que sí y... En fin, así empezó todo.

–Los moratones valieron la pena, ¿no?

–Seguro que sí, aunque nunca me fijé en si me salió alguno.

Así eran Tansey y Jim. Se llevaron bien desde el principio, se hicieron amigos antes de saber cómo se llamaba el otro. Tansey le habría dado las gracias al hielo si no se hubiera fundido.

Se esperó en la puerta. Siempre se esperaba un momento antes de entrar. Si no se detenía, era como adentrarse en la oscuridad. Se quitó las botas enfangadas mientras los ojos se le adaptaban a la falta de luz. De pronto sintió un poco de frío, como si unos dedos gélidos le hubieran tocado el rostro. Fue hasta la cocina, donde el olor a panceta y col lo envolvía todo, así como el llanto de una niña a quien se le había caído un huevo.

Cogió a Emer en brazos.

–Pero ¿qué te pasa?

–¡El *güevo*!

–¿Se te ha caído?

–¡Sí!

–Vaya...

–Se ha *morido*.

–No se ha muerto, cariño. Solo se ha roto.

–Lo he *morido* yo...

–No.

–¡Sí!

–No –dijo Tansey–. No. Los huevos que no están debajo de las gallinas no están vivos. Además, mira: tenemos una cesta llena. ¿Quieres otro, Emer?

–No.

–Vamos, cógelo.

Emer ya se encontraba mejor. Tansey lo sentía en su cuerpecillo. Notaba que su hija ya no estaba disgustada y que casi no se acordaba del sobresalto. Tansey miró a la madre de Jim, y vio que todavía no necesitaba ayuda, así que se sentó un rato junto al fuego con Emer en brazos. James el Niño dormía, arropado en la cuna.

Tansey fue hasta el sillón con Emer en brazos. El sillón había sido del padre de Jim, pero Tansey no lo había conocido. El día que había resbalado en el hielo y había conocido a Jim, hacía un año que había muerto. Aun así, tenía la sensación de que lo conocía, porque su tabaco, así como los olores de todos los rincones de la granja, parecían impregnar todavía el sillón. Por lo que todos decían, era un hombre difícil, y le había dicho a Jim que no se molestara en buscarse esposa mientras él y su madre vivieran. *No hay sitio para dos mujeres en una cocina.* Pero, fuera o no un hombre difícil, Tansey pensaba que le habría gustado, pues siempre se sentía acogida cuando se sentaba en el sillón.

–Solo era un *güevo* –dijo Emer.

–Sí, solo un huevo –dijo su madre–. Es verdad que era de muy buena calidad, pero solo era un huevo.

Desabrochó los botones del abrigo de Emer y la ayudó a sacárselo. El cuerpecillo de su hija se movió un poquito para poder quitarse mejor la prenda. Toda la inquietud y el disgusto de la niña se desvanecieron con el abrigo. Tansey lo dejó caer al suelo, a buena distancia de las cenizas, junto a Parnell, que dormía. Volvió a abrazarse a Emer.

–Cariño mío –le dijo–. ¿Cómo estás?

–De maravilla –respondió Emer–. Cierra los ojos, mamá.

Aquel juego le gustaba a Emer. Tansey cerraba los ojos y esperaba. Notó cómo cambiaba de postura para trasladar el peso a otra parte del cuerpo y luego sintió los labios contra su barbilla.

Tansey dijo la frase que le tocaba decir y que, por norma, debía ser siempre la misma.

–Pero yo ese beso lo conozco... –dijo, y abrió los ojos tanto como pudo–. ¡Es Emer!

Emer dio un gritito y Tansey se preparó para hacerlo otra vez. De pronto, sin embargo, antes de darse cuenta, empezó a encontrarse mal. Notó un sudor en la frente y le entraron ganas de vomitar. Se echó atrás contra el respaldo, esperando que se le pasara el mareo. Cerró los ojos.

Emer sabía que a su madre le pasaba algo. Y Tansey lo notó en la inquietud de la niña. Quería abrir los ojos, seguir disfrutando de aquel día tan bonito, pero no podía. Sentía un profundo sopor.

Notó una mano en la frente, una mano fría.

–Ay, Dios mío, es la gripe...

Era la madre de Jim.

–Te acompañaré arriba a la cama, Tansey –le dijo.

–Enseguida me pondré bien.

–No te hagas la valiente. Claro que te pondrás bien.

Tansey notó que su suegra levantaba a la niña de su regazo. La oyó quejarse y lloriquear. Abrió los ojos, pero la habitación daba vueltas, de modo que volvió a cerrarlos y sintió que aquel esfuerzo la había agotado. Notó unas manos fuertes agarrándola por el brazo –las manos de la madre de Jim– e intentó levantarse por su propio pie, pero necesitaba la ayuda.

Cuando estuvo de pie, temblaba, pero abrió los ojos y se aseguró de que miraba a Emer con una sonrisa.

–Qué suerte tengo –le dijo–, que la abuela me va a llevar a la cama.

–¿Puedo ir contigo?

–La abuela va a necesitar que la ayudes aquí abajo. ¿Verdad que sí, abuela?

–Claro que sí –dijo la madre de Jim–. No sé qué haría sin la ayuda de Emer.

La escalera hacia el piso de arriba partía de la cocina, y era estrecha y empinada. Tansey subió los dos primeros escalones y se volvió para mirar a Emer. Luego desapareció escalera arriba.

5

–¿**D**e gripe?

–Sí.

–¿De gripe porcina? –preguntó Mary.

–No, no –respondió su madre–. De gripe común.

–¿Se murió de una gripe común?

–Sí –dijo Scarlett–. La gente se moría de gripe. Millones de personas murieron. En esa época era mucho más grave que ahora.

–¿Cuándo?

–En 1928.

–Qué triste.

–Sí que es triste, sí. Por eso me he sobresaltado al oírte decir el nombre de Tansey.

–Es el mismo nombre.

–Tu abuela me solía hablar mucho de ella. De cómo murió y de las pocas cosas que recordaba de ella. Porque tu abuela solo tenía tres años cuando pasó.

–Debió de ser muy triste para ti también, ¿no?

Volvían a estar en el coche, camino del hospital, del Sagrado Corazón.

–Sí –respondió Scarlett–, pero no tanto.

Las !!! de su madre habían vuelto a desaparecer, pero Mary prefirió no mencionarlo. Estaban hablando de la muerte. Lo curioso, sin embargo, era que Mary estaba disfrutando de la conversación.

–Pero nunca nos lo ocultó. Nunca le pareció algo demasiado triste para hablar de ello. Además, su abuela era un encanto.

–Mi tatarabuela –dijo Mary.

–Uf... ¡No lo sé! ¡Ya he perdido la cuenta! Pero sí, creo que era tu tatarabuela. Ella le hizo de madre.

–Pero en realidad no lo era.

–No, en realidad, no. Tienes razón. Pero al menos estaba con personas que la querían –dijo Scarlett, y se enjugó las lágrimas.

Mary también se las enjugó.

Se miraron con una sonrisa.

–¿Y tu abuelo? –preguntó.

–¿Jim? Me acuerdo bien de él. Vivió hasta arrugarse más que una pasa.

–¿Qué quieres decir?

–¡Ya me entiendes, Mary!

–Sí... pero ¿por qué se dice arrugarse como una pasa?¿Por qué lo dice la gente? Así, me lo imagino como una fruta pasada, como un plátano podrido que se te espachurra en la mochila y te pringa los libros y los apuntes...

–¡Vaya imagen! –exclamó su madre–. ¡Serás escritora!

–Qué va, mamá... Era una manera de decirte... de decirte que se me ha espachurrado un plátano en la mochila y casi todos los libros se han pringado con una pasta asquerosa.

–¡¿En serio?!

–En serio.

–Ya lo limpiaremos al volver a casa.

–Vale.

El plan de Mary había funcionado. Se le ocurrió al recordar lo que le había pasado a su mochila –lo que había pasado dentro de su mochila– mientras hablaban de la madre de su abuela, la otra Tansey, hacía menos de un minuto. Su madre se lo había puesto en bandeja, pues hasta ese momento no sabía cómo iba a confesarle el percance. Y ahora ya estaba, ya se lo había dicho, y su madre se había ofrecido a limpiarlo... Mary sabía que sería así, ya se lo había imaginado. Y hasta se tomarían un chocolate caliente al acabar y mirarían una película de esas que solo les gustan a las chicas.

Al entrar en el aparcamiento del hospital, Scarlett se detuvo delante de la barrera y se asomó para coger el ticket de la máquina.

–¡Siempre que hago esto pienso que podría caerme del coche! –dijo y se rió.

–Al menos estamos en el aparcamiento de un hospital. Es práctico.

Scarlett volvió a reírse y añadió:

–¡Ay! Odio este sitio.

–Yo también. Se lo diré.

–¿A quién?

–A Tansey.

–¿Qué le vas a decir?

–Que mi bisabuela se llamaba como ella. Es muy simpática.

Scarlett encontró una plaza libre en la segunda planta y aparcó el coche.

Salieron dando dos portazos.

–Me encantaría conocerla –dijo Scarlett.

–Pues siempre está por ahí fuera cuando vuelvo a casa.

–A lo mejor saldré mañana a saludarla.

–De acuerdo.

Salieron del aparcamiento, pasaron entre las personas en bata que fumaban frente a la puerta de acceso al hospital y entraron en el recinto; pasaron por delante de la tienda que vendía caramelos y flores, cosa que hacía estornudar a Mary cada vez, y siguieron por el largo pasillo donde solo se oían los susurros de la gente que había allí, así como el chirrido de los zapatos y las zapatillas al pisar el suelo. Luego entraron en el ascensor, que iba vacío. Era un espacio lo bastante amplio para un coche, aunque en realidad era así para que cupieran las camillas que transportaban a los pacientes que se dirigían al quirófano o venían de él. Mary siempre temía encontrarse una camilla con un paciente tumbado con la cara tapada bajo una sábana.

–¿Por qué les tapan la cara con una sábana? –le preguntó a su madre mientras el ascensor subía tan despacio que ni siquiera parecía moverse.

–¿Cuando alguien muere?

–Sí... Claro.

–No seas insolente.

–No soy insolente –se explicó Mary–. Es que solo se la tapan a los que se han muerto.

–No lo sé... A lo mejor también se la tapan a la gente muy tímida.

–¿Por qué?

–Seguro que quieren que les tapen la cara con la sábana cuando los llevan de un sitio a otro en la camilla.

–Lo dices de broma, ¿no?

–Sí, lo digo de broma.

–Pues es muy gracioso –aseguró Mary–. Aunque no creo que este sea el lugar más adecuado para hacer bromas.

Scarlett se rió y dijo:

–Eres imposible.

–Si soy imposible, ¿cómo es que estoy aquí? ¿En este ascensor lentísimo?

Por fin, el ascensor se detuvo. Dos días después (en realidad, cinco segundos), las puertas se abrieron despacio y Mary y Scarlett salieron.

Se cruzaron con la enfermera que no les caía bien y con la que sí.

–¿Cómo está mi madre? –le preguntó Scarlett.

–De maravilla –dijo la enfermera simpática.

La abuela de Mary dormía.

Se sentaron junto a su cama. No se despertó. Era la primera vez que pasaba. La abuela de Mary solía estar despierta o solía despertarse cuando llegaban, pero ese día estaba allí tumbada, sin más. Su cabeza parecía minúscula sobre la almohada.

Mary se incorporó sobre la cama, pero su abuela siguió durmiendo.

–Parece feliz –susurró Scarlett.

Era verdad... si querían que así fuera. Su rostro reflejaba serenidad. Tenía las mismas arrugas desde que Mary la recordaba, unas arrugas que siempre habían sido parte de su abuela. Unas arrugas como luces, como senderos que se iluminaban cada vez que su abuela se reía, lo cual pasaba a menudo. Senderos que conducían a los ojos de su abuela, *para verte mejor, cariño.*

Esperaron sentadas un rato más –veinte minutos– a que se despertara. Scarlett cogió la mano de su madre. Luego Mary le cogió la otra, aunque con cierto recelo, por temor a que estuviera fría al tocarla, pero estaba caliente, y Mary tuvo la sensación de que su abuela le apretaba levemente los dedos.

–Es mejor que nos marchemos –susurró Scarlett–. Los chicos ya habrán llegado a casa.

Mary asintió con la cabeza, pero no se movieron, hasta que Mary oyó el chirrido de la silla en la que estaba sentada su madre y esta se inclinó sobre el rostro de la almohada para darle un beso a Emer.

Mary se deslizó para bajar de la cama y se inclinó para intentar hacer lo mismo que su madre, pero no era lo bastante alta para llegar hasta su abuela, a menos que volviera a subirse a la cama. De modo que se subió y le dio un beso en la mejilla.

–Ah... –dijo su abuela con los ojos cerrados–, pero yo conozco ese beso.

–¿Abuela?

Pero Emer no respondió.

–¿Abuela?

Pero Emer no dijo nada.

–Más vale que nos vayamos –dijo Scarlett.

–Me ha hablado.

–Ya lo sé. Es un sol.

Mary volvió a besar la mejilla seca de su abuela y bajó de la cama.

Entonces recordó algo.

Volvió a subirse a la cama.

–¿Abuela?

Los ojos de su abuela no se abrieron. Mary le miró la boca, y esta se movió ligeramente, soltando solo aire. Mary se convenció de que su abuela la escuchaba pese a estar dormida.

–Abuela –dijo, y le acercó la boca al oído–. Tansey dice que será magnífico.

Miró si su abuela la había oído, esperó ver algún signo que le indicara que había asimilado las palabras. Mantuvo los párpados cerrados, pero los ojos que ocultaban se movieron levemente.

–Será magnífico –repitió Mary, tratando de decirlo igual que Tansey.

Entonces se deslizó de la cama y se enderezó en cuanto tocó el suelo.

–¿Qué le has dicho? –le preguntó su madre mientras volvían a esperar el ascensor.

–Un recado.

–¿Un recado?

–Sí.

–¿Un recado de quién?

–De Tansey.

—La anciana.

—No, la futbolista...

—No seas insolente, Mary.

—Perdona.

—De la anciana.

—No es anciana... pero sí, de ella.

—¿Tansey conoce a tu abuela?

—Sí, creo que sí.

Emer

Emer lo recordaría toda su vida. Recordaría el día en que su madre se apagó. Solo tenía tres años cuando sucedió. Su abuela se lo dijo, y su padre, y sus tías y su tío...

Solo tenías tres años.

Solo tenías tres años, Dios te bendiga.

Eras una niña valiente, y eras tan chiquitita...

Se acordaba del huevo. De su huevo. Lo llevó a la cocina para mostrárselo a su abuela. Recordaba el momento de entrar corriendo en la oscuridad de la cocina, pero no recordaba lo ocurrido antes. Y eso la entristecía, porque había estado fuera con su madre –eso le habían contado–, y por mucho que lo intentara –y lo intentó durante años– no conseguía recordarlo, no conseguía recordar el momento en que estaba en el patio con su madre, que iba detrás de ella. Entró en la cocina corriendo, tan entusiasmada, tan contenta que, antes de poder darse cuenta, oyó el huevo romperse contra el suelo de piedra. Fue un ruidito seco, como un golpecito contra una mejilla llena de aire, y supo que se había quedado sin huevo antes siquiera de verlo roto. Se echó a llorar antes de entender del todo lo ocurrido. Ya no tenía nada que enseñarle a su abuela. Había matado al huevo.

Esperó a que la cogieran en brazos, porque sabía que alguien la cogería. La cocina todavía estaba oscura –su vista aún no se había adaptado–, pero distinguió a su abuela, su silueta, frente a la cocina, atendiendo la comida. Así solía referirse su padre a la manera en que su abuela guisaba en los fogones: *Está atendiendo la comida.*

Emer se acordaba de aquello. Lo recordaba como si fuera el día anterior, o incluso el mismo día, como si fuera algo que acabara de ocurrir. Estaba esperando que alguien la cogiera en brazos. Y así fue: unas manos la levantaron. Unas manos y unos brazos rodearon a Emer por detrás. Su madre acababa de entrar en la cocina, aunque ella no la había oído. Notó cómo la elevaba con delicadeza y le daba la vuelta, de manera que tenía el hombro de su madre delante y, luego, su rostro, al que miró de frente.

–Pero ¿qué te pasa?

Recordaba bien la voz de su madre. Cada palabra era como una nube blanca que pasaba frente a sus ojos.

–¡El *güevo*! –gritó.

De aquello, Emer no se acordaba. El huevo... El *güevo*. Su abuela le contó que solía pronunciar «huevo» con *g*.

–¿Se te ha caído?

–¡Sí!

–Vaya...

–Se ha muerto.

Emer volvía a recordar algo. Aún podía oír aquellas palabras.

–No se ha muerto, cariño. Solo se ha roto.

–Lo he matado yo...

–No.

–¡Sí!

Estaba tan a gusto en brazos de su madre, allí arriba, con su rostro frente al suyo, que solo por quedarse allí se habría quejado eternamente.

–No –dijo Tansey–. No. Los huevos que no están debajo de las gallinas no están vivos. Además, mira: tenemos una cesta llena. ¿Quieres otro, Emer?

–No.

–Vamos, cógelo.

El huevo ya no le importaba. A Emer le daba igual. Podía verlo sobre el suelo de piedra. Y tenía a su madre para ella sola, al menos un ratito. Su hermano pequeño, James, aún dormía. *No dice ni pío.* Emer quería mucho a su hermanito –*es una ricura*–, pero a veces se sentía como si mirara a través de una ventana a sus seres queridos sin que ellos advirtieran su presencia. Todos se ponían alrededor de la cuna, pendientes de James. Pero ahora su hermanito dormía.

–Solo era un *güevo* –dijo Emer.

–Sí, solo un huevo –dijo su madre–. Es verdad que era de muy buena calidad, pero solo era un huevo.

Con ella en brazos, su madre fue a sentarse junto al fuego en el sillón del abuelo. El abuelo estaba muerto, allá arriba, en el cielo –*ahora*–, pero el sillón seguía siendo suyo. Su abuela nunca se sentaba en él. Y Emer lo sabía porque había oído comentarlo a sus padres, que no se pudieron casar hasta que el abuelo murió y su padre heredó la granja. *Era un hombre difícil.* Emer se lo había oído susurrar alguna vez a sus padres. La granja era de su padre, pero el sillón seguía siendo de su abuelo. Aun así, su madre se sentaba en él cuando quería y nadie protestaba, ni siquiera el abuelo desde allá arriba.

La chimenea era enorme, del tamaño de una habitación, y el sillón estaba delante de la chimenea, casi dentro. El fuelle estaba junto al sillón, y el bueno de Parnell dormía al lado de la rueda. A Emer le encantaba hacer girar la rueda del fuelle y oír el zumbido de la cinta al moverse, pero en ese momento no le apetecía. Se estaría quieta, no intentaría bajar del regazo de su madre. Estaba donde quería estar. Y James no decía ni pío, arropado en su cunita. El sillón tenía un olor fuerte, pero era una combinación de olores buenos. Olía como el tabaco de pipa de su padre, y olía a heno. También olía a los galgos, pero incluso eso le gustaba, porque solo era un olor, sin los perros. El olor de los galgos era lo que más le gustaba de ellos. Era un olor agradable y fuerte, pese a que ellos eran poca cosa; tan poca cosa, tan flacos que le daban miedo. Eran como la sombra de ellos mismos y no ellos mismos, eran como los fantasmas de unos animales que estaban muertos desde hacía mucho tiempo..., fantasmas con dientes y uñas.

Emer no sabía si todo eso lo había pensado ese mismo día, en brazos de su madre por última vez, pero bien podría haber sido así, porque eran los pensamientos que solía tener en aquel rincón de la cocina. No había nada como un olor para recordar algo. Durante toda su vida, al percibir un olor –cuando levantaba la tapa de un bote o hundía una pala en la tierra o recogía una sábana seca del tendedero–, este siempre evocaba recuerdos y pensamientos, casi siempre relacionados con su madre.

Sentada en su regazo, con su barbilla justo sobre su cabeza, esta le parecía una bóveda cálida. Notó cómo los dedos de su madre le desabrochaban los botones del abrigo. Eran grandes, y los ojales, rígidos. Emer se movió un poco para que su madre le quitara la prenda con facilidad. Se acordaba bien de ese abrigo. Era de *tweed* verde con motas rojas, y había sido de su prima (y, años después, su propia hija lo llevaría cuando fueran de visita a la granja). Su madre dejó el abrigo en el suelo, junto al sillón, a una distancia segura del fuego, y volvió a rodearla con sus tiernos brazos.

–Cariño mío –le dijo su madre–. ¿Cómo estás?

–De maravilla –respondió Emer–. Cierra los ojos, mamá.

Era un juego entre ellas. Emer se levantó un poquito y besó a su madre en la barbilla.

–Pero yo ese beso lo conozco... –dijo su madre y abrió los ojos–. ¡Es Emer!

Pero luego todo cambió.

Fue como si el fuego ardiera con más fuerza, pero el calor provenía de su madre, como algo peligroso. Los brazos que la rodeaban se aflojaron.

Emer sabía que pasaba algo grave. Se volvió –o intentó volverse– hasta que pudo ver el rostro de su madre. Casi se cayó, porque ni sus manos ni sus brazos la sostenían ya. Cambió de postura, ayudándose con los codos, y se enfadó mientras se movía. Entonces vio que su madre se había echado hacia atrás, contra el respaldo, y tenía los ojos cerrados. De su frente caía el sudor como agua.

–¿Mamá? ¿Por qué tienes los ojos cerrados?

Sabía que su madre no estaba dormida.

Emer notó la presencia de otro cuerpo a su lado. Era su abuela. Estaba de pie junto a la silla. Emer estaba justo debajo de ella.

Su abuela puso una mano sobre la frente de su madre.

–Ay, Dios mío, es la gripe –dijo su abuela–. Te acompañaré arriba a la cama, Tansey.

–Enseguida me pondré bien.

–No te hagas la valiente. Claro que te pondrás bien –aseguró su abuela.

Al momento, las manos de su abuela la estaban levantando. Emer adoraba a su abuela, pero no quería bajarse del regazo de su madre. Aunque sabía –lo recordaba, de eso estaba segura– que pasaba algo grave. Las cosas que ocurrían de repente solían ser malas. Emer lloriqueó. No sabía qué decir. No quería que su abuela dejara de hacer lo que estaba haciendo. Algo pasaba, y su abuela lo arreglaría.

Su abuela la dejó en el suelo.

–Ya está.

Entonces cogió a su madre de un brazo y la ayudó a levantarse del sillón. A Emer le pareció que era como una anciana que se levantaba después de estar postrada mucho tiempo. La escena la impresionó. Tenía que fijarse muy bien para ver que era su madre.

Y lo era. Llevaba el mismo vestido, tenía su mismo rostro. Estaba de pie y temblaba mucho, como si tuviera frío. Entonces su madre la miró y le sonrió.

–Qué suerte tengo –le dijo–, que la abuela me va a llevar a la cama.

Todo iba bien.

–¿Puedo ir contigo? –pidió Emer.

–La abuela va a necesitar que la ayudes aquí abajo. ¿Verdad que sí, abuela?

–Claro que sí –dijo su abuela–. No sé qué haría sin la ayuda de Emer.

Fueron andando (su madre estaba en condiciones de andar) hasta la escalera. El hueco era estrecho y empinado. Emer se quedó donde estaba, pues las tres no habrían cabido en la escalera.

Su madre subió los dos primeros escalones. Emer se acordaría toda su vida: eran exactamente dos. A menudo se sentaba en el segundo. Su madre se detuvo, se volvió hacia ella con una sonrisa y luego siguió subiendo.

6

—Quiero conocerla –dijo Scarlett.

–¿A quién?

–A Tansey.

Iban en el coche de vuelta a casa del hospital. Había mucho tráfico y casi no avanzaban.

–Vale –dijo Mary–. Si es que llegamos...

–¡Claro que sí! ¡Conozco un atajo!

–Pero si este es el atajo.

–¡Ay, sí, tienes razón! ¡Vaya por Dios!

–Puede que Tansey ya no esté cuando lleguemos –dijo Mary–. Y no sé en qué piso vive.

–Pues ya la conoceré mañana.

–Vale.

El coche de delante avanzó...

–¡Por fin!

...medio metro.

–¡Jobar!

–Ese lenguaje, mamá...

–¡Perdón!

Pero al final llegaron a casa. Ya había oscurecido. Encontraron a los hermanos de Mary, Killer y Dommo, en la cocina, mirando la nevera, muertos de hambre.

–¿Veis, chicos? –dijo Scarlett, y abrió la puerta del frigorífico; la cerró y volvió a abrirla–. Funciona así.

Pero no se rieron. Sabían reconocer el sarcasmo, y no les gustaba. A Scarlett tampoco le gustaba, sobre todo cuando venía de ella.

–Perdonad, chicos –les dijo–. Pero es que venimos del hospital de ver a la abuela y no ha abierto los ojos en ningún momento de la visita. Así que ha sido difícil.

Los hermanos asintieron con la cabeza.

–Y nos ha costado una barbaridad llegar a casa.

Volvieron a asentir.

–No pasa nada –dijo uno de ellos.

Mary llenó la olla grande de agua.

–¿Veis? –les dijo–. El grifo funciona así.

–Mary... –la regañó su madre–. El sarcasmo no nos gusta.

–No te gustará a ti. A mí me encanta.

Puso la olla en el fogón y escuchó el delicioso y peligroso fogonazo del gas. Tapó la olla para que el agua hirviera antes.

Scarlett sacó un paquete de caracolas de pasta de la despensa y se quedó inmóvil. Mary y sus hermanos vieron que su madre lloraba.

Los chicos se levantaron de los taburetes y se quedaron de pie. Mary pasó entre los dos.

–Perdonad –dijo y abrazó a Scarlett–. Se llama abrazo, chicos –añadió–. Y es gratis.

Scarlett se rió y los chicos sonrieron... o esbozaron algo parecido a una sonrisa.

Para cenar comieron pasta, y Kevin y Dominic fregaron los platos. Luego se fueron arriba.

Mary se quedó a solas con Scarlett. Su padre jugaba a fútbol sala los martes después del trabajo, así que ese día llegaba a casa tarde, sudado, entumecido y cojeando.

–¿Lo probamos?

Mary supo al instante a qué se refería su madre.

–Vale.

Salieron a la calle. Aunque no llovía mucho, se pusieron al abrigo de los árboles. No hacía frío. Siempre daba la impresión de que los árboles hacían más ruido de noche: las ramas al oscilar, las hojas al rozarse...

Muchas veces parecía que en los árboles hubiera mucha gente susurrando... sobre todo aquella noche.

Esperaron en la calle. No había ni rastro de nadie. Nadie que paseara al perro, nadie que se dirigiera al *pub*, nadie que volviera a casa tarde, nadie que fuera a la parada del autobús... Incluso había más calma que de costumbre.

Aun así esperaron.

–Le daremos otros cinco minutos –sugirió su madre.

Scarlett no sabía qué esperar. Trataba de entender lo que Mary le había contado de Tansey. Hasta hacía poco, en la habitación de Mary abundaban amigos y animales imaginarios. Mary los veía a todos. Había reinas y elefantes y otras niñas, y otras cosas como ositos de peluche que todos veían, pero que solo Mary oía. Tansey podía ser la última amiga imaginaria de su hija, tal vez la última que tendría, su último adiós a la infancia. Mary había oído pronunciar el nombre de Tansey a su abuela muchas veces a lo largo de los años. Mary había pasado fines de semana enteros en casa de su abuela, y siempre habían visto fotos antiguas y habían hablado del pasado. Y ahora que su abuela se estaba muriendo, quizá Mary se había inventado a Tansey para llenar el vacío.

Aunque Scarlett no estaba convencida del todo. Había algo en la voz de Mary cuando hablaba de Tansey... Era un tono distinto, menos directo. Su hija siempre había tratado a sus amigos imaginarios como seres reales, tan reales como la cama o las estanterías de su cuarto, tan reales como su familia, pero en su voz había algo diferente cuando hablaba de esa tal Tansey: había duda. Mary dudaba de si había conocido realmente a esa mujer vieja que en realidad era muy joven. La duda en la voz de Mary le decía a Scarlett que Tansey existía de verdad.

Existía... pero ¿dónde estaba?

–Me estáis buscando, ¿verdad?

La oyeron antes de verla. Parecía haber salido de detrás de los árboles, aunque no la habían visto.

Mary no se sorprendió.

–Hola, Tansey –dijo.

–Hola, Mary.

Iba vestida como las otras veces, con el mismo vestido anticuado y las mismas botas enormes cubiertas de un fango reluciente.

Tansey miró a Scarlett.

–Yo a ti te conozco.

–Yo a ti también –respondió Scarlett.

Scarlett

Scarlett lo odiaba, y se negaba a recordar una época en que no lo hubiera odiado. No soportaba viajar con sus padres; ir a algún sitio, a cualquier sitio, con ellos le daba náuseas. Náuseas de verdad: notaba el vómito en la garganta.

Lo odiaba.

–¿Hemos llegado ya? –preguntó su madre.

Y su padre volvió a reírse.

Se dirigían a la antigua casa de su madre, en Wexford. Iban todos los veranos a pasar dos semanas, y el día después de Navidad, a pasar unos días. Iban desde que Scarlett tenía uso de razón. Y lo odiaba.

Y ahora también lo odiaba. Se daba cuenta, era evidente: sus padres estaban emocionados. Como niños. Su madre se inclinó sobre el asiento y le dio un beso a su padre. Él se volvió hacia ella, apartando la vista de la carretera, para darle otro beso en los labios. Era asqueroso que gente como ellos, tan viejos, ¡y casados!, se besaran de esa manera, como si se gustaran, como si se atrajeran.

Miró por la ventana, pero el paisaje era igual todo el rato: campos y árboles; las montañas de Wicklow, o algo parecido, a un lado; poco más al otro.

Su padre se estaba quedando calvo. Y su madre, Emer, una mujer larguirucha..., debería avergonzarse. Una mujer de su edad haciendo eso, besándose..., tuviera la edad que tuviera (cincuenta y cinco, o por ahí), era... un vejestorio. Su madre rondaba los cuarenta años cuando la tuvo, y era cinco años mayor que su padre. Eso también era vergonzoso.

En el coche hacía calor, incluso con las ventanillas abiertas. Su padre había encendido otro cigarrillo, y las motitas de ceniza iban a parar al brazo de Scarlett, pero no dijo nada. Esperaba que olvidaran que estaba allí con ellos. Aunque, al parecer, por su forma de besarse, delante de ella, de su hija, ya se habían olvidado.

Su padre siempre parecía más entusiasmado antes de un viaje. Se pasaba días cargando el equipaje en el coche. Hacía unos años, incluso había llegado a meter en el coche a Bilko, el perro –el perro de Scarlett–, un día antes. Dijo que había sido sin querer, que Bilko se había colado cuando no miraba y que, de todas maneras, tampoco pasaba nada, porque el animal no sabía conducir. Scarlett se negaba a recordar que se había reído mucho con lo ocurrido: estaba convencida de que no le había hecho ni pizca de gracia.

Bilko había muerto hacía unos meses. De viejo, dijeron el veterinario y sus padres. Tenía más años que Scarlett, que tenía catorce. En el jardín de atrás tenían un cobertizo, y Scarlett lo había encontrado detrás, tumbado, desangrándose. La hicieron marcharse a la escuela y, al volver a casa, Bilko ya no estaba. Lo habían sacrificado.

–Urgía hacerlo –le explicó su madre.

–¡Pero es que me habéis mandado a la escuela!

–En eso me he equivocado –se disculpó su madre–. Cuando el veterinario ha dicho que Bilko se moría, he tenido que tomar una decisión. Haberlo aplazado habría sido una crueldad. Scarlett, cariño, lo siento de verdad.

–¡Lo has hecho a propósito!

Su madre había crecido en una granja; estaba acostumbrada a la muerte. Scarlett había oído hablar de corderos muertos, ganado muerto, cachorros muertos, sacos de gatitos muertos, cuervos muertos... Su madre se echó a llorar, pero a Scarlett le dio igual. Salió de la cocina y subió a su habitación, y buscó pelos de Bilko por el suelo.

Le prometieron otro perro, pero ella dijo que no lo quería, que era una vergüenza pensar siquiera en sustituir a Bilko, como si fuera una bombilla o algo parecido. Les dijo que nunca los perdonaría, que nunca les permitiría olvidarlo. Habían matado a su perro –a su perro– sin dejarle despedirse de él.

Estaban entrando en un pueblo. Scarlett pensó que debía de ser Arklow o cualquier otro poblacho de mala muerte.

Su padre nunca había pisado una granja hasta que conoció a su madre. Él se lo había contado a Scarlett cientos de veces, porque ella se lo había pedido. De eso se acordaba. De lo nervioso que estaba, de camino a la granja, el día que iba a conocer a la abuela de su madre.

–Los dublineses no le gustan nada –le había anunciado su madre–. Los considera casi ingleses.

–Menuda tontería –había replicado él–. ¿Qué hay de malo en ser inglés?

–Es que mi abuela simplemente es así.

–De todas maneras, no soy inglés.

–Sí, claro. Lo que pasa es que no le gusta Dublín y ya está.

–Pero a ti, te dejó irte a vivir allí.

–Porque sabía dónde había posibilidad de encontrar trabajo. Las zanahorias no tienen por qué gustarte para saber que son sanas.

–A mí me gustan –había dicho Gerry, el futuro padre de Scarlett–. No están mal.

–Yo solo te lo digo –había contestado Emer, la futura madre de Scarlett.

Eso había ocurrido en 1961, cinco años antes de nacer Scarlett. Iban en el tren. El hermano de Emer iría a recibirlos a la estación de Enniscorthy.

Catorce años después de nacer Scarlett –en julio de 1980–, se dirigían a Wexford en el coche de su padre. En ese momento estaban cruzando Arklow, a través de una calle (la única, y cutre) del pueblo, y el coche apenas se movía. Delante de ellos iba un tractor que avanzaba a paso de tortuga.

–¿Cómo es posible que cada vez que salgo de Dublín acabo en un atasco detrás de un maldito tractor?

Nadie le respondió.

–A lo mejor siempre es el mismo tractor –dijo su padre–, que me espera para tenderme una emboscada.

–Pobre Gerry –dijo su madre.

–Pobre de mí –repitió su padre.

Qué vergüenza ajena le daban sus padres.

Seguía cayéndole ceniza en el brazo. Deseó que le doliera para poder gritar..., porque tenía unas ganas locas de gritar.

Recordó la anécdota que su padre le contó sobre la primera vez que había ido a Wexford.

–Claro –dijo su padre, mientras Scarlett estaba sentada a su lado en su sillón–. ¿Por dónde iba? Ah, sí, nos bajamos del tren en Estambul...

–¡Papá!

–¡De acuerdo! Nos bajamos del tren en Enniscorthy.

–Que, por cierto, tiene más vida que Estambul... –comentó su madre, que estaba sentada en su rincón.

–¡Mamá!

–A ver, ¿hay una feria de la fresa en Estambul? ¿Eh?

–¡Mamá!

–¿O una colina llamada Vinegar Hill?

–¡Mamá!

–De acuerdo –atajó su padre–. Bajamos del tren en Enniscorthy. Estaba oscuro.

–Sí que lo estaba, sí –volvió a interrumpir su madre–. De noche suele estarlo.

–Tu tío Jim (James el Niño) estaba allí, esperándonos. Un tipo majo.

–Sí, y un hombre guapo. Es un misterio que nunca llegara a casarse.

–¡Mamá!

Su padre se dirigió a su madre levantando la cabeza sobre la de Scarlett y le dijo:

–A usted le costó lo suyo encontrar marido, señorita.

–Y qué marido encontré, por Dios.

–Ejem, ejem... –se quejó Scarlett–, que estoy aquí.

–Descarada, como siempre.

Su padre la miró y dijo:

–En fin... Entramos en el Ford de tu tío.

–Yo me senté delante –apuntó su madre–, porque soy más alta que tu padre.

–Y bastante más mayor.

–Y necesitaba espacio para las piernas.

–En fin... –prosiguió su padre–. Yo me senté detrás, porque, como dijo tu madre, soy un poco enano.

–¡Yo nunca he dicho eso!

–En realidad, sí.

–¿Cuándo te he llamado yo enano?

–El día que nos conocimos.

–No es verdad.

–Claro que sí.

–¿En qué momento?

–Durante el partido. En Croke... Croke Park. Dublín contra Wexford –dijo, mirando a Scarlett–. Ahí conocí a tu madre. Y ganamos... Ganó Dublín.

–Tuvisteis suerte.

–Yo estaba en la grada 16 y le pedí a la mujer alta que había delante de mí que se apartara un poco para poder ver cómo los dublineses le daban una paliza a esos perdedores, y ella se volvió hacia mí y me dijo...

–No le escuches, Scarlett.

–«¿Por qué tengo que apartarme?», dijo tu madre. «¿Es que eres enano?»

–Lo dije sin pensarlo. Me imagino que ya es tarde para disculparse.

–Scarlett, ¿has oído alguna vez a veinticinco mil personas riéndose de ti a la vez?

–No.

–Es una experiencia horrible.

–Aun así –insistió su madre–, te parecí una belleza.

–Eso es verdad. Siempre me han atraído las jirafas.

–¿Podemos seguir contando la historia, por favor? –dijo Scarlett.

–Total –prosiguió Gerry–, metí las maletas..., porque las llevaba yo, que conste..., las metí en el maletero del cacharro de Jim y me senté en el asiento de atrás, listo para irnos. Jim ya estaba al volante; arrancó y nos pusimos en marcha. Entonces la puerta de mi lado se abrió. Casi me caí (en esa época no había cinturones de seguridad) y un galgo entró y pasó por encima de mí. Lo juro por Dios. Y tu madre se echó a gritar, porque no soporta los galgos.

–Dios mío, es que los odio. Los odio, los odio. Siempre los he odiado. Odio todo lo que tenga que ver con ellos.

–Y después de ese entró otro. Tenía a los dos encima y no sabía si me estaban lamiendo o mordiendo. Luego entró otro animal, pero era demasiado gordo para ser un galgo...

–Venga ya, Gerry...

–Era la bisabuela –dijo Scarlett.

–Exacto. Era tu bisabuela en toda su gloria... con otro maldito galgo y la copa que habían ganado en el canódromo. Un trasto enorme de plata con el que me dio en toda la cabeza al subir. Casi perdí el conocimiento. Pensé que sangraba y que los perros se volverían locos con el olor de la sangre. Y tu madre seguía gritando. Y tu tío, maldito James el Niño, estaba silbando «Your Cheatin' Heart».

—Bueno, es que era su canción preferida.

—Y en eso que la mujer con la copa se vuelve hacia mí y dice...

—Tú eres el dublinés.

—Exacto.

—¿Y tú qué dijiste? —preguntó Scarlett, aunque ya conocía la respuesta.

—Yo dije: «Creo que sí.»

—¿Por qué no le dijiste simplemente que sí?

—Porque había un galgo tratando de quitarme la cartera del bolsillo interior de la chaqueta y otro que me estaba mordiendo la corbata, y la abuela de Emer estaba en parte sentada sobre mi regazo, y el otro perro me estaba susurrando al oído, y tu madre seguía gritando y, en fin, estaba algo confuso. —Gerry estiró las piernas.— Pero fue magnífico. Cuando llegamos a la granja, ya éramos todos amigos.

—No eres un enano ni de lejos, papá.

—Ya lo sé, cariño. Pero hay que reconocer que tu madre si que es un poco jirafota.

En ese momento, Scarlett miraba a Emer, su madre, esa jirafota desgarbada. Ya habían salido de Arklow. Recordó que el siguiente pueblo era Gorey, y el coche volvió a subir a paso de tortuga por una calle cualquiera. Su madre estaba sentada recta, inclinada hacia delante, como si empujara el coche y, así, fueran a llegar antes a la casa donde había crecido, la casa con el techo de paja, donde su abuela la había criado porque su madre había muerto de gripe. Se llamaba Tansey. Scarlett conocía bien la historia. Tansey había entrado en la casa después de dar de comer a los galgos y había cogido en brazos a la pequeña Emer, que lloraba porque se le había caído un huevo, y luego se habían sentado en el sillón. A partir de entonces, todo cambió: toda la seguridad que tenía en la vida de su madre se esfumó delante de sus ojos. Contempló a su madre subir la escalera, y fue la última vez que la vio. Scarlett conocía bien la historia.

–Quiero un galgo –anunció.

—Tú eres mi abuela –dijo Scarlett.

Y la mujer, Tansey, asintió con la cabeza. Sí. Lo era.

Mary tendría que haberse muerto de miedo. La abuela de su madre estaba muerta. Había muerto hacía años, mucho antes de que naciera su madre. Había muerto cuando la abuela de Mary, la madre de su madre, era una niña. Lo sabía muy bien.

Sin embargo, Mary no se asustó. Por la manera en que su madre y Tansey se miraban, pensó –sabía– que no había que tener miedo. En absoluto.

Pero tenía curiosidad.

—¿De qué va esto?

Scarlett dio un respingo.

—¡Dios mío!

—Perdona –se disculpó Mary.

—¡No, no! –dijo Scarlett–. ¡Es que es la impresión! –Se rió.– ¡Una magnífica impresión!

—O eso esperas –dijo Mary.

—Sí. ¡Claro! Perdona, Mary, ¿qué querías saber?

—Bueno, pues de qué va esto. ¿Cómo puede ser que Tansey sea tu abuela?

—¿No te lo imaginas? –preguntó Tansey.

—No es justo que tenga que adivinarlo –se quejó Mary–. Decídmelo y ya está.

—Bueno –respondió Tansey–. Soy un fantasma. Parece una bobada, pero soy el fantasma de tu bisabuela. –Miró a Mary y añadió:– ¿Te sorprende?

—No mucho. Si de verdad eres mi bisabuela, entonces solo puedes ser un fantasma o algo parecido. Porque hace mucho tiempo que está... que estás muerta.

—Qué lista eres –dijo Tansey.

—Demuéstralo –pidió Mary.

—¿Que demuestre que eres lista?

—No. Demuestra que eres un fantasma.

—De acuerdo. Haré un truquito. Mira...

Mary y Scarlett vieron desaparecer a Tansey. Vieron cómo se desvanecía y se volvía transparente. Distinguieron, a través de ella, el tronco del árbol que había detrás. Casi había desaparecido, pero cuando Mary pensaba que nunca más volverían a ver a Tansey y empezaba a asustarse un poco, el desvanecimiento se interrumpió. Su bisabuela recuperó el color, el pelo, los ojos y los rasgos de su rostro volvieron a verse... Tansey tosió y volvió a parecer una mujer de carne y hueso.

—Eso ha sido una pasada –dijo Mary.

—¿Qué significa eso? –preguntó Tansey.

—¿Qué significa qué?

–Eso de «pasada».

–Mary quiere decir que es estupendo –explicó Scarlett–. O impresionante.

–O sea, magnífico –sugirió Tansey–. Lo de desvanecerse es bastante fácil, pero volver es un poco más delicado.

–¿Por eso has tosido?

–Por eso. Porque tengo la sensación de que los pulmones se me llenan de aire. Como si estuviera viva, ¿sabes? Siempre da un poco de impresión. –Tansey se volvió hacia Scarlett y dijo:– Pareces simpática.

–Es simpática –confirmó Mary–. Más o menos...

Las dos mujeres que estaban con ella sonrieron y, de pronto, Mary sintió miedo. Dio un paso atrás y casi tropezó con la raíz de un árbol que había roto el cemento de la acera. Recuperó el equilibrio y volvió a mirarlas.

–¿Qué pasa? –preguntó su madre.

Mary no respondió.

–¿Qué pasa?

Mary miró a una mujer y luego a la otra. Sintió que iba a echarse a llorar. Aquello no tenía sentido.

–¿Mary? –preguntó Scarlett–. ¿Qué te pasa, cariño?

–Sois iguales.

Scarlett sonrió y dijo:

–Bueno, ¡eso me han dicho siempre! ¡Que era igual que mi abuela! –Se volvió hacia Tansey.– ¡Igual que tú!...

Dejó de sonreír y entendió por qué Mary estaba preocupada.

–Sois exactamente iguales.

–Sí.

–¿Y qué tiene de malo? –quiso saber Tansey–. Yo

también era idéntica a mi madre. Que Dios la tenga en su gloria.

–Ve a cambiarte, mamá –dijo Mary.

–Mary, no seas maleducada –la riñó Scarlett.

–No soy maleducada, mamá. Es que se parece demasiado a ti. Os acabaré confundiendo –explicó, y una idea le vino a la mente–. Eso es lo que ella quiere...

–¿Qué quieres decir?

Mary cogió a su madre por el brazo.

–Vámonos. Quiero irme a casa.

Era importante, de vital importancia: Mary tenía que separarlas y llevar a su madre a casa lo antes posible.

–Esperad –dijo Tansey–. Esperad.

En la calle no se oía nada, ni siquiera un coche en la lejanía o pisadas en la esquina; ni una sirena, ni un coche de la policía, ni una ambulancia a lo lejos. Solo se oía el susurro de las hojas y el gemido de las ramas. Mary se dio cuenta por primera vez de que vivía en una calle siniestra... si permitía, si quería, que así fuera.

Pero no quería que lo fuera, así que no corrió. Y le soltó el brazo a su madre.

Miró a Tansey y otra vez a Scarlett. Seguían siendo exactamente iguales. Hasta los vestidos; vestidos anticuados, que parecían comprados en la misma tienda. Solo las botas eran distintas. Si Mary hubiera acabado de llegar, habría sido lo único de lo que habría estado segura: una de ellas llevaba unas botas rojas que pertenecían a su madre, pero no tenía por qué ser su madre quien las llevaba.

–¿Mamá?

Solo una de las dos respondió.

–Dime.

Era la mujer de las botas rojas, cosa que la tranquilizó.

Había otros detalles que las diferenciaban, ahora se daba cuenta. El viento movió una rama y la farola las iluminó a las dos. En realidad, los vestidos no se parecían en nada. El de su madre era más nuevo, estaba menos descolorido y tenía cremalleras. Su pelo era más oscuro, era el color del pelo de su madre. La pequita negra que tenía junto a la boca estaba donde tenía que estar. Mary estaba mirando a su madre, no cabía duda. También vio que Tansey –el fantasma– era bastante diferente de Scarlett, así como ella misma.

–Qué raro...

–¿Qué es raro, Mary? –le preguntó su madre con delicadeza.

–Pareces mayor que ella.

Scarlett miró a Tansey.

–Eso sí que es raro –asintió.

–Yo no puedo hacer nada al respecto: morí muy joven.

–Pero hace muchos años.

–No creo que eso tenga importancia.

–¿No estás segura?

–No, la verdad. ¿Quién está seguro de todo?

–No me parece justo –dijo Scarlett–. Eres sesenta años mayor que yo y estás espléndida.

–Voy a serte sincera, muchacha –dijo Tansey–. No me habría importado tener arrugas y dolor de muelas... Amaba la vida cuando la perdí.

–No lo he dicho en serio –se disculpó Scarlett.

–Ya lo sé. Pero yo sí. –Tansey sonrió, o eso le pareció a Mary.– Más en serio que la muerte. Para que lo sepáis.

Sin casi darse cuenta, Mary pasó de estar aterrada a sentir pena.

–Tú has dicho que soy tu abuela –le dijo Tansey a Scarlett–, pero, ¿sabes?, en realidad no lo soy. La dichosa gripe me atrapó cuando apenas empezaba a ser madre.

–*La dichosa gripe* –repitió Mary–. Pareces una abuela.

–Eso que has dicho es precioso.

Tansey no volvió a decir nada en un rato y luego miró a Scarlett.

–Tu madre era una criatura inocente cuando morí –dijo y se volvió hacia Mary–. Incluso más pequeña que tú.

–Ya lo sé. Mucho más pequeña.

–Y cuando aún estaba sana, solía preguntarme cómo sería ver crecer a mi hija y hacer de madre. –Volvió a sonreír y añadió:– ¿Y sabes qué? Tú eres la doble de tu abuela.

–¿Cómo es posible, si solo tengo doce años?

–Tu abuela también fue niña una vez –dijo Tansey.

–Tengo frío –se quejó Mary.

–¿Ves? Y hablas igual que ella.

–De acuerdo –asintió Mary–. Pero escucha: dejémoslo ya.

–¿Que dejemos el qué?

–Todo eso de «te pareces a tu abuela»..., eres como tu abuela, hablas igual que tu abuelo, tu gato ladra igual que el perro de tu abuela...

–¡Mary!

–Y eres descarada como ella –insistió Tansey–. Pero estoy de acuerdo: a ningún joven le gusta que lo comparen con un viejo.

–No es solo eso. Es que es ridículo. Tengo frío. Me voy dentro.

–¡Mary!

–No soy descarada –le dijo Mary a Scarlett–. No lo soy. Eso es ridículo. A ti te cae bien tu abuela y yo me parezco a la mía. ¿Y qué? La tuya es un fantasma y la mía se está muriendo. Y eso es lo único que no es ridículo.

Scarlett bajó la voz. Las ramas de los árboles se enredaban en sus palabras.

–¿Qué quieres decir con eso, Mary?

Mary señaló a Tansey.

–¿Por qué está aquí? ¿Para qué ha venido? –dijo y se volvió hacia Tansey–. ¿Qué quieres?

–Quiero hablar con Emer –respondió–. Necesito hablar con ella.

–¿Y por qué ahora?

Mary no sabía por qué hablaba así. Era como si escuchara a otra persona..., a la mujer que sería en el futuro.

Eso la enfadaba y la impresionaba y la asustaba... y le daba seguridad. Porque sabía que tenía razón. De pronto, su mundo se había llenado de muertos y moribundos, de personas a las que quería y personas a las que debía querer..., y de personas a las que no conocía, aun cuando se parecían a personas que conocía y quería. Necesitaba saberlo. A dos pasos de ella había una mujer muerta que resplandecía, asomándose a su vida. Era la madre de su abuela... o debía de serlo.

Tansey no le había respondido.

–¿Por qué has aparecido ahora? –insistió Mary–. ¿Has hablado con ella antes, desde que te moriste?

–No –dijo Tansey–. He preferido dejarla en paz.

–Entonces, ¿por qué apareces ahora?

–Porque ahora me necesita.

Emer

Estaba tumbada en la cama con los ojos cerrados. Dormía.

No, no dormía.

Tenía miedo de dormirse. Ya no distinguía en qué consistía el sueño. Ya no había placer ni necesidad en el sueño, ni tampoco la cálida sensación y la seguridad de que se despertaría después.

Desde pequeña, algunas veces, muchas veces, se había despertado de golpe, levantando la cabeza de la almohada, porque se estaba cayendo en sueños –fuera del sueño– de un acantilado, de un tejado... Siempre era una caída repentina y espantosa, pero se despertaba y permanecía despierta un rato, y luego todo iba bien, porque reconocía el lugar donde estaba. La pared y la ventana estaban donde tenían que estar. Y más adelante, su marido, Gerry, estaría tumbado en su lado de la cama, incluso, al parecer, años después de morir. Ella notaba su presencia y el terror se disipaba antes de tener tiempo de pensar.

El terror que ahora sentía era que se fuera a caer y no se despertara. Temía caerse, caerse y caerse... y que la caída fuera eterna.

No estaba cansada. Ni siquiera recordaba qué se sentía al estar cansada, ni tampoco recordaba el gusto de bostezar y estirarse. *Tú ya puedes, con lo larga que eres.* No sabía muy bien por qué tenía tanto miedo. Estaba contenta con su vida, incluso sin Gerry..., o cuando su ausencia empezó a ser soportable y los recuerdos eran algo agradable, pero ella sabía, siempre supo, que tarde o temprano todo acabaría. Había visto morir a su madre. Estaba en su regazo cuando la muerte se presentó, cuando se le echó encima y se la llevó.

Unos días después, la subieron al dormitorio para que se despidiera de ella. *¿Adónde se va mamá?* Nadie le respondió. *¿Por qué se va?* La acompañaron por la escalera. Recordaba bien la mano grande y tosca de su abuela. Recordaba la presencia de su padre, hablando con unos hombres fuera de casa. Recordaba el llanto de James el Niño, y más gente que de costumbre en la cocina. Mujeres. Millones de mujeres. No reconocía a ninguna, hasta que alguna se agachó a su altura. Su tía Ellen, su tía Maud... y otras mujeres a las que solo veía los domingos al salir de misa, y otras a las que no había visto nunca. Preparaban té. Preparaban bocadillos. Desde otros rincones, oía a más mujeres susurrando, rezando. También había hombres que fumaban, que hablaban en voz baja, que bebían cerveza negra de botella y vasitos de whisky, que salían al patio pese al frío y volvían a entrar, y que charlaban a media voz de galgos y granjas.

No había visto a su madre desde la última vez, en la escalera.

Oyó a alguien que tosía.

Oyó pasos que se apresuraban.

Oyó el silencio. Un absoluto silencio.

Su abuela le daba la mano. La puerta del dormitorio estaba abierta, al final de la escalera. Las cortinas estaban corridas. Dentro había mujeres arrodilladas junto a la cama, rezando, susurrando para sí. Emer vio las cuentas de los rosarios. Se fijó en cómo se movía una sarta de ellas cuando los dedos terminaban con una cuenta y se desplazaban a la siguiente.

Al oír crujir las tablas del suelo bajo el peso de su abuela, las mujeres se levantaron. Una de ellas sonrió a Emer. Emer la conocía y volvería a verla muchas veces, cuando fuera a la escuela y se sentara al lado de su hija, Noreen Cash, y esta acabara siendo su mejor amiga hasta que la familia Cash al completo se marchara a América, cuando las niñas tenían diez años.

Las mujeres se apartaron.

Y Emer vio a su madre.

–¿Por qué tiene peniques en los ojos?

–Para ayudarla en el viaje.

–¿Adónde va?

–Se va al cielo. Al cielo.

–¿Yo también voy a ir?

–Todavía no, cariño. Todavía no.

Miró a su madre, esperando que se moviera, para quitarle los peniques de los ojos.

–Yo quiero ir al cielo.

–Claro que irás. No te preocupes. Todos iremos.

–Yo quiero ir ahora. Con mamá.

El rostro de su madre era hermoso salvo por las monedas. Llevaba el pelo bien peinado y le brillaba incluso en la penumbra. Tenía las manos juntas sobre el edredón. Sus anillos estaban perfectos y pulidos.

–Tengo frío –dijo Emer.

–Es que hace frío, sí –afirmó su abuela–. Dile adiós a mamá.

Emer miró a su madre.

–No está dormida.

–No, no lo está.

Su abuela la cogió en brazos y la inclinó sobre la cama, como si fuera a dejarla caer sobre su madre y su madre fuera a despertarse y a reírse y a cogerla.

–Dale un beso de despedida y luego bajaremos a sentarnos al fuego.

–¡No!

Emer recordaba bien aquel «¡no!». Más de ochenta años después, aún lo oía. La había seguido a todas partes, toda su vida.

–¡No!

Años más tarde, lo recordaría junto a Gerry en el altar. Cuando el padre O'Casey dijo: «Emer Mary Stafford, ¿quieres a este hombre como legítimo esposo?», ella había exclamado un «sí» sin más y se había echado a reír. Y todos los presentes en la iglesia rieron con ella por lo contenta que estaba.

Eso había hecho toda su vida: tratar de compensar diciendo sí a todo lo posible para que el «no» se desvaneciera, pero jamás lo había conseguido. Solo era una palabra y la devolvía al recuerdo de su madre.

–¡No!

A su madre no le habría importado. Lo habría entendido. Aquella niña pequeña estaba aterrorizada. ¿Cómo no iba a estarlo, con aquellas monedas marrones tapándole los ojos a su madre, con aquel frío de mil demonios que parecía provenir de su madre, del centro mismo de la cama?

Aun así.

Deseaba haber podido volver atrás y arreglarlo. Se habría dejado bajar a la altura del rostro de su madre, de los labios de su madre. Y la habría besado.

Ahora Emer yacía en otra cama. Oía la actividad del hospital. Lo habitual: el chirriar de los zapatos de las enfermeras contra el suelo, el chirriar de las ruedas de las camillas... En el hospital todo chirriaba.

Su hija la había besado. Su nieta la había besado. *Pero yo ese beso lo conozco.* Muchas personas que la conocían la habían besado. Aun así. La habían besado y era precioso..., pero no quería irse. Siempre le había gustado respirar, sobre todo en días fríos, inspirar el aire, soltarlo y verlo. Pero ya no podía respirar hondo, y hacía más de treinta años que no había corrido tras el autobús. Aunque recordaba bien la época en que cogía aquel autobús... Incluso le gustaban esos achaques que la habían acompañado a medida que se había ido haciendo mayor. Eran recordatorios (la espalda, la rodilla, las muñecas doloridas...) y hasta aliados: *Siéntelo bien, Emer: estás viva.*

Echada en la cama del hospital, pensaba:

Estoy viva.

Soy Emer la desgarbada.

Soy Emer la larguirucha.

He encogido unos centímetros, pero estoy viva.

–Estoy viva.

8

Se sentaron en la cocina.

–¿Los fantasmas beben té?

–No –respondió Tansey–. Pero a este le encantaría tener una taza de té delante. Sería un placer.

Mary vio que Tansey alzaba la vista para mirar a la luz. La bombilla no tenía pantalla. Scarlett la había quitado una vez para lavarla, pero nunca había llegado a colocarla de nuevo. La había dejado sobre la nevera, con otras tantas cosas pendientes de guardar en otra parte. Tansey miraba directamente a la bombilla sin entrecerrar los ojos.

–Esa luz eléctrica es intensa. En mi época no había.

–Cuando yo era pequeña tampoco –dijo Scarlett.

–¿No tenían red eléctrica en Dublín? –preguntó Tansey–. Creía que estaban más avanzados en todo eso.

–No –contestó Scarlett–. Me refería a la granja.

–Ah... La verdad es que es muy potente, pero quizá sería preferible apagarla. Me cuesta mantenerme sólida bajo esa luz. Tengo la impresión de que el resplandor me atraviesa.

Y así era..., o eso parecía. Tansey ya no daba miedo, pero parecía menos llena de vida dentro de casa que fuera. Bajo la luz, su vestido parecía haber sido lavado demasiadas veces. Tansey parecía una película de sí misma, proyectada sobre una pantalla en una sala que no estaba lo bastante oscura; el sonido era bueno, pero la imagen era turbia y molesta.

–Cualquiera que entrara y nos viera se asustaría un poco. Mejor que no pase.

–A mí me gustaría que pasara –dijo Mary–, pero, de acuerdo... –añadió y apagó la luz–. Ya está.

–Gracias.

Mary volvió a sentarse y miró a Tansey.

Tansey no podía beber té, ni tenía gusto ni olfato, pero veía y era capaz de distinguir si una luz era demasiado fuerte, aunque el brillo en sí no parecía molestarle. Mary no creía que Tansey notara la lluvia ni el frío, pero ella estaba fría. Mary notaba el frío que desprendía su bisabuela. Era como si el frío tirara de Tansey, como si la descompusiera, como si intentara apartarla de ellas para llevársela a alguna otra parte, pero también era una sensación extraña –*más extraña si cabe*– porque parecía bastante tranquila.

Scarlett estaba de pie junto a la cocina, esperando a que la tetera se apagara, poniendo las bolsitas de té en las tazas, colocando el azucarero en la mesa... Lo que fuera. La extrañeza de todo aquello empezaba a afectarle. Se habría echado a temblar si no se hubiera dominado. Había un fantasma en la cocina y debía comportarse como si fuera algo normal. Sabía, aunque no sabía muy bien cómo, que algo importante iba a suceder, algo relacionado con su madre.

Oyeron un ruido sordo en la planta de arriba, de algo o alguien que había caído.

–Son los chicos –explicó Scarlett–. Mis hijos.

–Y hacen el ruido que solo pueden hacer los muchachos –dijo Tansey.

–Exacto –asintió Scarlett y sonrió.

–¿Tendré ocasión de conocerlos?

–Yo creo que sí –respondió Scarlett y señaló la nevera con la cabeza–. Eso les hará bajar.

–¿Y qué es eso?

–Es una nevera –contestó Mary y se rió, pues le pareció gracioso que no lo supiera.

–Es como una fresquera –explicó Scarlett–. La palabra técnica es frigorífico.

–Conserva las cosas en frío –añadió Mary.

–¿Yo cabría ahí dentro?

Se rieron antes de pensar en la respuesta.

–Esto ya casi está –anunció Scarlett.

Tansey vio que Mary la miraba con sus grandes ojos. Enseguida supo que quería preguntarle algo.

–Pregunta lo que quieras –la animó–. Vamos, pregunta.

–Bueno... ¿Por qué... por qué hay fantasmas?

–¿Quieres decir que por qué existen?

–Sí.

–No seas impertinente, Mary.

–No pasa nada, Scarlett. No es nada impertinente.

–¡Pues perfecto! ¡Porque yo también quería preguntártelo!

–A ver... Os lo explicaré... Pero antes, que quede claro...

–¿Qué?

–Que solo puedo hablar por mí.

–Es mejor que nada –dijo Mary.

–Tienes toda la razón, sí. Veamos... Las personas se mueren. Pero a veces –bastante a menudo– no están preparadas para partir, porque hay cosas que les preocupan.

–¿Como sus hijos? –preguntó Mary.

–En mi caso, sí, los hijos. Y seguramente en el de buena parte de los otros casos. El alma del difunto no parte después del funeral. Se queda. Se queda para asegurarse de que todo irá bien y de que sus seres queridos siguen sus vidas. El difunto espera.

–¿Y durante cuánto tiempo?

–Depende. Pero eso es lo que me ha pasado a mí. Estaba muy agitada cuando exhalé el último suspiro. No me transmitió paz. Estaba demasiado inquieta..., no solo triste... por Emer y el pequeño James.

–James el Niño... –repitió Mary.

Tansey sonrió.

–Así lo llamábamos, sí. ¿Cómo lo sabes?

–Me lo contó la abuela.

–Claro, tu abuela...

–Entonces, en realidad no llegaste a morirte.

–Sí que morí, ay, sí que morí, sí... Pero...

De arriba les llegó un estruendo que enseguida oyeron más y más cerca, y los dos hermanos entraron como una exhalación en la cocina, en una carrera hacia la nevera, con Killer a la cabeza.

Se detuvieron al ver a Tansey.

–¡Estamos hablando de muerte, chicos! –anunció Scarlett.

–Mola... –respondió Dommo.

–Estos son los famosos muchachos, ¿verdad?

–¡Los mismos! ¡Dominic y Kevin! Chicos, ella es Tansey, vuestra... mmm.... ¡vuestra vecina!

–Hola.

–Hola.

Al momento, ya estaban fuera de la cocina, antes incluso de haber llegado a la nevera. Mary se fijó en el ruido que hicieron al volver por la escalera.

–Demasiadas mujeres en la cocina –dijo Tansey–. No podrían con tantas.

–¡Seguramente tienes razón!

–Seguramente. Para eso no me hace falta ser un fantasma. ¿James era como tus hijos?

–¡Mi madre dice que era un diablillo! –respondió Scarlett.

–Ah, bien –dijo Tansey.

–Pero ¿no lo estabas observando? –le preguntó Mary–. ¿Como ahora?

–Ya llegaré a eso –explicó Tansey–. Antes pasaron otras cosas.

Se incorporó, como si acabara de recordar que tenía una historia que contar.

La tetera ya había hervido y se había apagado, y Scarlett vertió agua en las tazas. Tansey la miraba. Mary se dio cuenta: Tansey quería preguntar por la tetera eléctrica, las bolsitas de té y las cosas que no había conocido en vida. Mary volvía a sentir curiosidad: ¿qué había hecho Tansey durante todos esos años, después de morir?

Era como si Tansey le hubiera leído el pensamiento.

–James el Niño nunca me preocupó. No era más que

un niño de pecho. Cierto, era triste quedarse sin madre, pero él iba a estar estupendamente. No me echaría de menos; quizá solo echaría de menos la idea de tener una madre, si, a lo mejor, veía a una madre en un libro y sentía curiosidad por qué podía ser. Si una lo piensa, es desolador, pero creo que no basta con sentir desconsuelo para convertirte en fantasma. Porque el desconsuelo es tuyo, no suyo, y puede morir contigo. Así que no fue James el Niño quien me retuvo. Yo sabía que estaría bien con Jim y su madre –explicó y miró a Mary–. Pero Emer, tu abuela... Eso era distinto. Emer era quien me preocupaba. Viví más de lo que podría haber vivido. ¿Os lo han dicho alguna vez?

–Sí –respondió Scarlett–. Contaban que te resistías a morir y que no dejabas de preguntar por Emer.

–Me alegro. Porque Emer tenía que saberlo una vez que me muriera. Tenía que saber que hice lo posible. Ahora me alegro de que lo supiera. Me echaría a llorar si pudiera, chicas –confesó y les sonrió–. Así que Emer fue la que me convirtió en fantasma. No me dejaba partir. Tenía que asegurarme de que iba a estar bien.

–¡Y estuvo bien! –aseguró Scarlett.

–Pero yo nunca estuve segura.

Scarlett puso una taza delante de Tansey.

–Mira ahora.

Y otra delante de Mary. Luego se sentó.

–Así que me quedé –dijo Tansey.

–Nadie ha hablado nunca de ningún fantasma –recordó Scarlett–. Ni siquiera..., perdona..., de que hubiera un rincón frío en la casa, porque podrías haber...

–No, no. Nunca estuve dentro de casa. No quería alterar la paz ni estorbar la superación de mi muerte... Con todo, tenía que estar cerca. –Bajó la vista hasta la taza de té y dijo:– La verdad es que tampoco me entusiasmaba el té como a mucha gente, que se pone tonta si no se toma una taza cada hora. A mí nunca me pasó. Pero ahora... –dijo y volvió a sonreír, pero en su sonrisa no había tristeza–, me encantaría probar este té.

–Tiene que ser difícil ser un fantasma –dijo Mary.

–Lo es. Es más difícil que la vida misma. Sobre todo si mueres joven, como yo. Espero que no os esté deprimiendo.

–¡No!

–De ninguna manera.

–Me sentía sumamente culpable, ¿sabéis? Y aún me siento así, no puedo evitarlo. Porque me morí demasiado pronto y demasiado rápido. Sé que la culpa no fue mía, pero ni siquiera cuando estás muerta puedes evitar los sentimientos. Bueno... Tomad el té vosotras. Yo estoy de maravilla, no os quedéis mirándome.

Mary y Scarlett le hicieron caso. El té estaba demasiado caliente para Mary, pero no dijo nada. Sorbió un poco y se escaldó; sabía que estaba haciendo lo que tenía que hacer, mantener la serenidad delante de Tansey.

–Así que, como decía, me sentía culpable y muy inquieta. Había dejado asuntos pendientes, cosas de las que tendría que haberme ocupado. Me imagino que cualquier madre se sentiría así si dejara a dos hijos pequeños atrás.

–O cualquier padre.

–O cualquier padre. Tienes toda la razón. Pero diría que los fantasmas más tristes (hombres o mujeres) son aquellos que mueren y dejan huérfanos a sus hijos cuando aún son niños, con edad de ir al colegio, cuando empiezan a crecer. Esos pobres fantasmas se sienten fatal, así que se quedan. Se quedan a esperar. Y, ¿sabéis?, odio esa palabra, «esperar». Es demasiado simple. Porque se quedan para asegurarse de que todo vaya bien. Para asegurarse, durante un tiempo, de que sus hijos crezcan. Para asegurarse de que sus hijos estén bien.

–¿Es lo que te pasó a ti? –le preguntó Mary a Tansey.

–Exactamente. No fui capaz de abandonar a Emer.

–¿Por qué te quedaste tanto tiempo?

–¡Ay! Esa es la cuestión...

Scarlett

Scarlett tenía cinco años cuando se encontró a su madre llorando en la sala de ordeño. Era su segundo día de vacaciones de verano. Había dejado de llover durante la noche, mientras todos dormían. Scarlett dormía en una habitación de arriba del todo, debajo mismo de la techumbre de paja, y oía a los ratones corretear por allí, pero no le daban miedo. Los ratones le parecían seres adorables.

Se vistió con la ropa de vacaciones: unos vaqueros viejos y agujereados y las sandalias de plástico, y bajó con cuidado los escalones de madera que iban de su habitación al rellano y, luego, la oscura escalera que daba a la cocina. El olor a panceta era más intenso con cada escalón que bajaba, pero no se precipitó. Siguió descendiendo despacio, con cuidado, porque en realidad no veía a un palmo de sus narices, hasta que giró al final de la escalera. La puerta de la cocina estaba abierta y un intenso haz de luz se proyectaba sobre el suelo, donde arrancaba la escalera. Con la claridad ya no había riesgo de tropezar.

La cocina estaba vacía. Eso significaba que aquella mañana había sido la última en levantarse. Por el calor y la luz que entraba sabía que era bastante tarde, pero ahora quería estar despierta. Y no podía estar despierta de verdad a menos que otros la vieran y la oyeran.

De modo que salió al jardín.

Oía un tractor a lo lejos. Sabía que era su tío, James el Niño. Supuso que su padre se habría ido por el sendero hasta la tienda para comprar papel de fumar y cigarrillos. De manera que la única persona que podía estar por la casa era su madre. Scarlett no la llamó. Quería darle una sorpresa.

Se acercó a la verja del huerto, que cerraban con un trozo de alambre. Era fácil de levantar, aunque no le hizo falta entrar para ver que no había nadie. Solo había hileras de lechugas y otras verduras, algunas de las cuales tenían hojas grandes y gruesas que parecían hombros encorvados para proteger a las verduras más pequeñas. No le gustaba la planta que daba las fresas, ni la manera en que crecía; parecía furtiva. Se quedó contemplando el jardín un rato, no fuera que su madre estuviera detrás de algún manzano o al fondo del huerto, entre los arbustos de grosellas, donde, según le había contado ella, era el lugar donde hacían pipí antes de que en la casa hubiera un baño. Esperó un poquito más, pero vio que allí no había nadie.

Aún oía el tractor y los cuervos graznando entre los grandes árboles que crecían tras el huerto de la cocina.

A continuación, Scarlett fue hasta el cobertizo, donde no había nada salvo un olor particular. Era un olor tan espantoso que hacía reír y toser a su padre cada vez que metía la cabeza. Scarlett sabía que su madre no estaría allí, pero aun así se asomó a la oscuridad y la pestilencia del lugar.

–¿Hay alguien?

No obtuvo respuesta.

Todos los cobertizos de la granja estaban encalados y las paredes eran irregulares, como si bajo la cal hubiera unas manos grandes y blancas que las empujaran hacia fuera. Aunque el tío James las blanqueaba cada dos años, las paredes interiores de los cobertizos estaba recubiertas de una mugre verde que parecía trepar del suelo. Aquel cobertizo ya no tenía puerta: solo quedaban las dos grandes bisagras herrumbrosas de las que había colgado. Era un lugar frío y desagradable, pero a Scarlett le encantaba entrar a mirar, siempre a una distancia prudente. Se preguntaba por qué era el único cobertizo que no utilizaban. Todo lo demás en la granja era alegre y útil. La noche antes se lo había preguntado a su tío James.

–¿A qué cobertizo te refieres?

–Al que huele mal –dijo Scarlett.

–Es el de los cerdos –explicó el tío James mientras se quitaba las botas a la puerta de la cocina.

–Pero si no hay cerdos.

–Pero el olor persiste hasta mucho después. ¡Que si persiste!

–¿Y por qué ya no hay cerdos?

–Porque yo mismo les dije que se fueran: ¡largo de aquí, gorrinos!, que viene mi sobrina de vacaciones y querrá dormir en vuestro corral.

–¡Qué asco!

El tío James entró en la cocina. Era muy alto, como la madre de Scarlett. Tenía que inclinarse para pasar por la puerta y, cuando se quitaba la gorra, le quedaba el pelo tieso, lo cual le hacía parecer aún más alto. Se sentó en el sillón que había pertenecido a su abuelo y que ahora era de su padre, aunque el padre de este, Jim –el abuelo de Scarlett– , estaba en el hospital de Wexford por un problema de estómago. Al día siguiente irían a verlo. Pensaban llevarle uvas y su revista preferida, *Ireland's Own*. Observó cómo su tío James se sentaba en el sillón. Tenía que plegarse –esa era la impresión que daba– como la navaja de su padre para poder sentarse bien.

–Tu abuelo y yo –le explicó– decidimos que ya no queríamos cerdos y que nos dedicaríamos solo a las vacas. De eso hará ya diez años. Así que los cerdos se fueron al reino de las salchichas, y el olor se quedó. Menos mal que el olor no se queda en las salchichas. Pero aquí nos toca aguantarlo. ¿Te has fijado en el comedero que hay dentro?

–¿Qué es un comedero?

–Es... es como un contenedor donde comen. Y es de piedra. En el pueblo hay uno parecido para el agua, un abrevadero, donde los caballos acudían a beber en la época en que se iba a caballo. Pero eso ya lo sabías, ¿verdad?

–Sí. Papá siempre se sienta allí para leer la portada del periódico.

–Exacto. Pues un comedero viene a ser algo parecido.

Scarlett estaba en la puerta del cobertizo, fijándose en el comedero que no había advertido otras veces. Era más bajo que el abrevadero del pueblo, porque, y eso ella lo sabía, las patas de los cerdos eran más cortas, así que el contenedor tenía que estar más cerca del suelo. También era mucho más largo que el pilón del pueblo. Se extendía a lo largo de todo el cobertizo. Allí comían los animales en otros tiempos. Le habría gustado averiguar si quedaba algo de comida dentro, pero prefirió no entrar.

Cruzó el patio hasta llegar a la perrera donde estaban los galgos. El tractor seguía en marcha y Emer supuso que su padre ya estaría en el pueblo, sentado en el abrevadero –ahora que ya conocía el nombre–, leyendo el periódico, mientras se fumaba un cigarrillo.

Se quedó de pie junto a la valla de la perrera.

A su madre no le gustaban los galgos. Decía que eran demasiado flacos y desesperados, aunque Scarlett no sabía qué significaba aquella palabra. A ella no le disgustaban. Es verdad que eran grandes y flacos –había cuatro–, pero su pelaje relucía, y le recordaban las focas que había visto en el zoo el día que fueron por su cumpleaños. Cuando llovía, tenían el lomo como el de las focas. Todos los galgos se acercaron a la valla para verla, pero no se desesperaron ni nada parecido. Scarlett tenía la certeza de que su madre no estaba en la perrera con ellos, así que dio media vuelta.

–Adiós –les dijo.

Y cruzó el patio para dirigirse a la sala de ordeño. Esquivó con cuidado la bosta seca de vaca, y la reciente, de aquella misma mañana, que estaba cerca de la puerta y aún no se había secado.

La sala de ordeño le encantaba. Le encantaba que las vacas acudieran solas, como si fueran de camino a la escuela. En una ocasión, su padre había dicho que solo les faltaban las mochilas en la espalda y unas gorras con agujeros para los cuernos. Luego las vacas giraban todas a la vez, a veces empujándose unas a otras –aunque nunca con fuerza, sino como si formaran una cola–, y entraban en la sala y ocupaban su lugar para dejarse ordeñar. Cada una tenía su sitio y sabía dónde tenía que colocarse. A veces, en casa, soñaba que las vacas venían por el sendero en una hilera interminable, hasta que se despertaba. Una vez, en un sueño había un televisor al otro lado del sendero, pero Scarlett no alcanzaba a distinguir las imágenes, porque las vacas no dejaban de pasar por delante, pero Scarlett no se enfadaba ni se movía para verlo mejor. Se contentaba con ver pasar las vacas. Estaban tan cerca que podía acariciarlas.

Sin embargo, la hora de ordeñar las vacas ya había pasado. Se la había perdido porque se había quedado dormida, y tendría que pasar un buen rato antes de la siguiente, antes de la hora de la merienda, después de llevar a las vacas al pasto y que el tío James se lavara las manos hasta los codos.

La sala de ordeño estaba en silencio, pero no daba ni pizca de miedo. En el suelo había agua, que el tío James había echado con la manguera por la mañana una vez terminado el trabajo con las vacas. Aquella sala siempre era agradable y fresca, incluso cuando avanzaba el día y hacía más calor, y no tenía mugre verde en las paredes. Las relucientes máquinas de acero colgaban de sus lugares respectivos. «Yo no me aclaro con los aparatos eléctricos», había oído que su tío James decía a sus padres. Scarlett no sabía a qué se refería exactamente, pero supuso que tendría que ver con aquellas máquinas que se enganchaban a las cosas de las vacas y las ordeñaba mientras él podía apoyarse en la pared a esperar charlando. Antes de tener las máquinas, tenía que hacerlo él solo, con la ayuda de un hombre que vivía en el camino, llamado Lefty, que luego se marchó a Inglaterra a trabajar en una fábrica.

Entró en la sala. Ya no tenía que ir con cuidado, porque el suelo de cemento estaba recién lavado y se veía perfecto y limpio. Al entrar oyó a su madre. Luego la vio. Supo que era su madre antes de verla. No es que su madre se escondiera ni nada parecido. Simplemente estaba de pie junto a la pared, justo detrás de donde estaba Scarlett, con la frente apoyada contra la cal. No lloraba a lágrima viva, sino en silencio, en voz baja.

–¿Mamá?

Su madre era tan alta que Scarlett no alcanzaba a verle bien la cara, porque aunque la luz de fuera iluminara el suelo y una parte de la pared, no llegaba a las partes más altas de la sala.

Scarlett vio que se limpiaba el rostro con la manga de la rebeca. Su madre solía llevar un pañuelo en la manga, pero esa mañana no debía de llevarlo.

Su madre se inclinó un poquito y le sonrió.

–¿Qué, cariño?

–¿Estás llorando?

–Sí.

–¿Por qué lloras?

–Porque estoy triste. Porque estoy un poco triste. O, al menos, lo estaba hasta que has venido a rescatarme.

–¿Te he salvado?

–Y tanto que sí.

–Te he encontrado.

–Pues sí.

Scarlett había cogido a su madre de la mano, cosa que le parecía maravillosa. No se movieron. Se quedaron en la sala.

—¿Todavía estás triste?

—No, ya no. Contigo cerca nunca estoy triste.

—¿Por qué estabas triste?

—Porque pensaba en mi madre.

—La que murió hace mucho tiempo.

—La misma. Hace mucho tiempo. Pero cuando vengo aquí... Al fin y al cabo esta era mi casa, ¿no? Antes de irme a vivir a Dublín. Así que...

—¿También estabas triste por el niño que has perdido? —le preguntó Scarlett a su madre.

Su madre seguía sonriéndole.

—También.

La madre de Scarlett había perdido un niño. Scarlett lo había oído susurrar a algunas personas en la cocina..., en la cocina de Dublín, de la casa donde vivían cuando no estaban de vacaciones. *Ha perdido al niño. Acaba de perder al niño.* Había ocurrido hacía mucho tiempo, cuando Scarlett era tan pequeña que podía pasarse un buen rato en la cocina antes de que alguien reparara en ella. Su madre no estaba presente, pero eso no le preocupaba porque su padre sí. A veces, así eran las cosas: él estaba, pero ella no; o ella estaba, pero él no. Pero en ese momento, de pie, apoyada en la mesa, casi debajo de la mesa, oía hablar del niño perdido. La vecina, una mujer peluda llamada señora McLoughlin, que preparaba deliciosos bollitos y pasteles, acababa de susurrarlo. *Acaba de perder al niño, que Dios la bendiga.* En ese momento Scarlett se dio cuenta de que su padre ya no estaba en la cocina. Pero ahora, lo que quería saber era quién era ese niño perdido. ¿Y cómo era posible que su madre hubiera perdido un niño si Scarlett no lo había visto nunca, si siempre, casi siempre, estaba con ella?

Pero no dijo nada.

Se quedó allí a escuchar.

Entonces las mujeres la vieron.

–Estás despierta.

–¿Mamá encontrará al niño?

–¿Qué?

–Ay, que Dios la bendiga...

Le dieron unas galletas y le dejaron ver la tele más tiempo que nunca, y luego su padre llegó a casa y le explicó todo aquello del niño perdido cuando las vecinas se hubieron marchado a sus casas.

–Tu madre iba a tener un niño –le dijo cuando se quedaron solos–. Pero ya no.

–¿Por qué no?

–Le ha pasado algo que se llama aborto.

–¿Qué es eso?

–Es cuando el niño que hay en la barriga deja de crecer.

–¿Y por qué?

–No lo sé. Porque estas cosas pasan. A veces.

–¿Dónde se ha perdido?

–¿Qué?

–La señora McLoughlin ha dicho que el niño se había perdido. La he oído.

–Ah... Es una manera de decirlo. No significa que el niño se haya perdido de verdad. Significa que ya no nacerá, que ya no será un niño.

–Yo quiero un niño.

–¿Sí?

–Una hermana o un hermano.

–Estupendo.

–Sobre todo un hermano.

–Muy bien.

–¿Cuándo volverá mamá a casa?

–Mañana.

–¿Está en el hospital?

–Sí.

–¿Se ha perdido?

–No. Está estupendamente. Está cansada. Y triste.

Scarlett ya era mayor y empezaría la escuela de verdad después del verano. En la sala de ordeño empezaba a hacer frío, como pasaba siempre al cabo de un rato. Ella y su madre estaban temblando, y seguían cogidas de la mano. Aquello las hizo reír.

Scarlett vio que su madre miraba a su alrededor.

–¿Qué estás buscando?

–Me ha parecido notar algo.

–Aquí no hay nada.

–¿Qué?

–Nada.

–¿Qué has notado?

–Nada –volvió a decir su madre–. Es que... No.

–¿Qué?

–No, es que...

–Dímelo, mamá. Me lo tienes que decir.

–Me ha parecido oír a alguien reírse cuando nos reíamos.

–Pero si aquí no hay nadie.

–Ya lo sé.

–Quiero irme. Vámonos.

–Buena idea.

Al salir al sol, los bultitos de la piel de gallina causados por el frío desaparecieron del brazo de Scarlett, y volvieron a entrarle en la piel.

–¿De verdad que has oído reír a alguien?

–No. No puede ser. Habrá sido el eco de nuestra risa. ¿No crees?

–Sí –dijo Scarlett–. Seguro que solo ha sido eso.

–Así que queda explicado. Debes de tener hambre.

–Sí.

–Has dormido como un tronco.

–Sí.

Iban cruzando el patio hacia la casa. Scarlett notaba el calor del sol en la cabeza. La sensación le gustaba. Su madre lo llamaba «la caricia de Wexford».

Su madre siempre cruzaba el patio muy deprisa.

–¿Por qué no te gustan los galgos, mamá?

–No sé, pero nunca me han gustado. Nunca. Eran demasiado grandes.

–Pero ahora tú eres grande.

Su madre se detuvo y se rió.

–En eso tienes razón, hija mía.

Su madre se puso la mano sobre la frente como una visera para no tener que entrecerrar los ojos por la luz. Estaba mirando a los galgos que había al otro lado de la valla.

–Así que quieres saber por qué no me gustan los galgos a pesar de que yo me parezco un poco a ellos, ¿no? –preguntó su madre, y soltó un ladrido.

Scarlett se rió.

–Sí, mamá. ¿Por qué? Eres más grande que ellos.

–Bueno. A lo mejor te parecerá algo ridículo... y hasta un poco triste.

Su madre se agachó para tener el rostro a la altura del de Scarlett.

–Les echaba la culpa de la muerte de mi madre.

Scarlett habría echado a correr en ese instante.

–Pero ¿los perros la...?

–No, no... La mató la gripe. Ya sé que es asombroso. Pero siempre pensé que si mi madre hubiera entrado conmigo en casa, no le habría pasado nada. Pero no fue así. Fue a dar de comer a los perros. Y siempre pensé que le habían transmitido la gripe –explicó y sonrió–. Es una ridiculez, ya lo sé. Pero no pude evitar creerlo. Tenía que echarle la culpa a alguien, y los galgos nunca me habían gustado de todos modos. Entremos, que te lavaremos y comerás algo.

–Acabo de comer algo.

–Me has cogido en un momento sensible. –Volvió a agacharse a la altura de Scarlett.– Me encanta estar contigo.

–Ya lo sé.

–Era más pequeña que tú cuando murió mi madre.

–Ya lo sé.

–Es algo triste y siempre lo será.

–Ya lo sé.

–Decidí echar la culpa a los galgos porque todo el mundo me decía que no era culpa mía. Porque antes de morir mi madre, yo acababa de pasar la gripe.

–Todo el mundo la tiene alguna vez.

–Eso es verdad. Eres muy lista. Pero en aquella época era más grave. Porque la gente se moría. Mi madre se murió.

–No se murió. Se marchó.

–Madre mía... ¿Dónde has oído eso, Scarlett?

–¿En ninguna parte? Es lo que pienso.

Su madre se agachó otra vez y le besó la coronilla.

–Vamos.

Y entraron en la cocina.

9

–¿**V**iviste en la pocilga después de morir? –le preguntó Scarlett a Tansey.

–No. Os lo juro. ¿Qué gracia tendría vivir en una pocilga? Incluso estando muerta y sin tener olfato.

Aún estaban en la cocina.

–A mí me dio repelús.

–No está bien que digas eso, mamá –la amonestó Mary.

–¿El qué?

–Has dicho que Tansey te daba repelús. Al fin y al cabo, es tu abuela.

–¡He dicho que la pocilga me daba repelús!

–Te daba repelús porque Tansey estaba allí.

–¡Pero es que no estaba! –se defendió Scarlett–. ¡Acaba de decirlo!

–Ya, pero tú creías que...

–Dejadlo ya, muchachas –intervino Tansey–. Acabaréis despertando a los muertos. Y yo soy la prueba de ello.

–Perdón.

–Veréis... Morirse es bastante desagradable... No tiene nada de bueno, os lo aseguro. Pero dejar a Emer sola de aquella manera... En fin, no podía hacerlo. Mi marido... –Miró a Scarlett.– Tu abuelo era un hombre muy bueno e hizo las cosas lo mejor que supo. Le hizo de padre y de madre a Emer. Y, por otra parte, estaba mi suegra, que se portó de maravilla. Aun así, no podía partir. Tenía que quedarme. Hasta que ella misma fue madre. Ni siquiera entonces fui capaz de dejarla. Siempre me preocupó que...

–¿Tansey? –la interrumpió Mary.

–¿Sí, cariño?

–La abuela está en el hospital.

–Ya lo sé. Por eso estoy aquí –respondió, y dio un suspiro–. He esperado... Esa palabra otra vez... Es que Emer era tan pequeña... que no podía dejarla. Estaba muy preocupada. Sigo estándolo.

–Vamos a ver a mi madre, a Emer, ahora. ¿Vienes? –propuso Scarlett.

–Sí. Me gustaría mucho –dijo y se incorporó–. Pero no puedo.

–¿Por qué no? –preguntó Mary.

–Bueno..., miradme: soy un fantasma.

–¿Y qué?

–Lo último que necesita un hospital es un fantasma deambulando por los pasillos –respondió Tansey–. Imaginaos los ataques cardíacos que provocaría. Créeme, cariño: la gente enferma no quiere ver fantasmas.

–Pero el hospital ya es un sitio horrible por sí solo –arguyó Mary–. Nadie se fijaría en ti. O sea, no es que seas espeluznante. Porque no lo eres. Pero la mayoría de la gente que hay allí tiene el aspecto de haber visto fantasmas a lo largo de toda su vida. Algunos, de hecho, son fantasmas. ¿Los fantasmas fuman?

–No. Por desgracia.

–¿Por qué? ¿Te gustaría fumar?

–No. Pero me encantaría poder toser. Sería estupendo. Me encantaría recuperar los pulmones –dijo y sonrió–. Fumar es un hábito repugnante. A una persona muerta no le conviene pasar mucho tiempo con los vivos. Me estáis dando envidia con vuestros pulmones.

Lo dijo de una manera que hizo reír a Mary y Scarlett.

–Me encantaría ver a Emer –dijo Tansey–. Está asustada, ¿verdad?

–Sí –dijo Scarlett.

–Yo puedo ayudarla, ¿sabéis? Puedo... En fin, puedo ayudarla como su madre –explicó y sonrió–. Después podré partir.

–¿Y adónde irás? –preguntó Mary.

–Bueno, allí donde debería haber estado todos estos años.

–Ah, claro.

–Claro que sí, muchacha.

–No puedes llorar... –dijo Mary.

–No.

–Pero puedes sonreír. ¿Cómo es posible?

Tansey se rió.

–No es una insolencia... –le dijo a su madre–; por si lo has pensado.

–¡No lo he pensado!

–No sé la respuesta a esa pregunta. Nunca se me había ocurrido. También puedo reír. Aunque hace años que no me río.

–¿Te reíste una vez en la sala de ordeño? –quiso saber Scarlett.

–Uy, sí, más de una vez. Me eché muchísimas risas en aquella sala.

–¿Después de muerta? ¿Mucho después? ¿Cuando yo era niña?

–No.

–A mi madre le pareció oír la risa de alguien más un día que nos reíamos las dos.

–Pues no fui yo.

–¿Estás segura?

–No.

–Quizá fuiste tú.

–Quizá –asintió y soltó un suspiro–. Morí de joven, pero tengo la memoria de una vieja. Recuerdo ciertas cosas con exactitud, pero hay otras importantes que se me han olvidado. Hasta podría haber jugado al *hurling* y no acordarme.*

–No jugabas.

–No me extraña. Tu abuelo sí que jugaba.

–Ya lo sé.

Tansey miró a Mary.

–Me encantaría hablar con Emer. Quiero decirle que no hay nada de qué preocuparse. Morirse no es tan grave. Sobre todo cuando eres vieja. Y, al fin y al cabo, ella ha tenido una vida plena. Una hija y unos nietos preciosos.

---

* *Hurling*: juego tradicional irlandés similar al hockey. (*N. de la t.*)

Scarlett se había echado a llorar.

—Perdóname, cariño.

—No... No pasa nada. Ella siempre me hablaba de ti, aunque no se acordara de gran cosa. Creo que sería magnífico que la vieras. Aunque no deja de ser un poco extraño...

—Eso sí —asintió Mary—. Extraño, lo es bastante. Y esto tampoco es una insolencia.

—Que digas que no es una insolencia no significa que no lo sea —la riñó Scarlett.

—Es que no lo es —se quejó Mary—. Porque todo esto es extraño. Es taaaaan extraño... A ver, dime cuántos fantasmas conoces, mamá.

Scarlett se encogió de hombros y respondió:

—No lo sé...

—Ahora sí que tengo miedo —aseguró Mary.

—Solo uno —respondió Tansey—. Solamente conocéis a uno, y soy yo.

—¿Y por qué no puedes venir al hospital?

—Porque no tengo buen aspecto bajo las bombillas. Ya lo habéis visto. Me desvanezco. No sería justo: la gente que hay en los hospitales ya está bastante asustada sin que haya fantasmas merodeando por los pasillos. Pero hay una posibilidad...

—¿Cuál?

—Si un fantasma le da la mano a un niño... —respondió y miró a Mary.

—Yo ya no soy una niña —protestó su bisnieta.

—¡Sí que lo eres! —afirmó su madre.

—No, ya no soy una niña. Tú misma me lo dijiste.

—¡¿Cuándo?!

–Ayer. Cuando te dije que no quería limpiar mi habitación. Me dijiste que tenía que hacerlo porque ya no soy una niña pequeña, y lo dijiste con estas palabras.

–¡Es que es verdad! –exclamó Scarlett–. Ya no eres pequeña, pero sigues siendo una niña.

–¿Y por qué? ¿Porque lo dices tú?

–¡Sí!

–Ejem... Señoritas... –las interrumpió Tansey–. Los fantasmas no suelen tener que hacer como si tosieran para captar la atención de los vivos.

–Ya no soy una niña... –susurró Mary.

–¡Sí que lo eres! –susurró Scarlett a su vez.

–¡No!

–Ay, dejadlo ya las dos –insistió Tansey–, y ahora escuchadme.

–Perdona.

–Si un fantasma sostiene la mano de un niño al entrar en un edificio...

–Como, por ejemplo, un hospital...

–...exactamente..., el fantasma se vuelve más sólido.

–¿Cómo funciona? –se interesó Mary.

–No lo sé –respondió Tansey.

–¿Lo has probado alguna vez?

–No.

–Y entonces, ¿cómo lo sabes?

–Creo que lo sé sin más.

–¿Y estás segura de que funcionará?

–No, no estoy segura.

–Yo no estoy muy convencida –objetó Mary–. No sé... Yo creo que eso es más bien como... como una superstición.

–Soy un fantasma. Así que algo de superstición habrá, ¿no? Sea como sea, estoy aquí.

–¿Lo probamos?

–De acuerdo.

Scarlett dio un grito mirando al techo de la cocina:

–¡Chicos!

Oyeron ruido en la planta de arriba.

–Creo que uno ha dicho «¿qué?» –respondió Mary.

–¡Volvemos al hospital! ¡Papá no tardará en llegar!

Oyeron otro ruido.

–Creo que uno ha dicho «vale» –dijo Mary.

Emer

No quería dormirse.

–Estoy viva.

Pero se le cerraban los ojos. No podía evitarlo. No podía mantenerlos abiertos.

Estoy viva.

10

Eran las ocho de la noche pasadas y ya había oscurecido. Mary y Tansey se sentaron en la parte de atrás del coche, que estaba aparcado delante de la casa, bajo un árbol.

–No te olvides de ponerte el cinturón de seguridad –advirtió Mary.

–¿Qué es un cinturón de seguridad? –preguntó Tansey.

Mary se lo enseñó y luego le explicó cómo se colocaba.

–¿Tú crees que un fantasma necesita un cinturón de seguridad? –le preguntó Tansey.

Aun así, se lo puso y lo abrochó. Mary la observaba, esperando que el cinturón atravesara el cuerpo de Tansey, pero no fue así. Le quedó cruzado sobre el pecho y los muslos.

–Ya estás bastante sólida.

–Pues sí... Serán todas las patatas que comí de pequeña. Pero ¿sabes qué? –dijo, a la vez que Scarlett arrancaba el coche y se apagaba la luz del interior–. Nunca había subido a un coche.

–No me lo puedo creer.

Tansey era todavía más nítida en la oscuridad. Toda ella parecía viva y real.

–Es verdad –aseguró–. En mi época había muy pocos coches. Y todos eran negros.

Scarlett giró en la carretera principal, en dirección al hospital. La hora punta se había acabado y casi no había tráfico.

–¡Llegaremos enseguida!

–Sí, seguro... –murmuró Mary.

Se fijó en cómo Tansey observaba por la ventana del coche las casas, las hileras de tiendas, los otros coches y las farolas.

–Esto es mejor que andar –dijo Tansey.

–Eso mismo le digo yo a mamá, pero no me escucha.

–¡Andar es genial! –dijo Scarlett.

–A mí no me sentó nada bien –le susurró Tansey a Mary, y se sentó derecha–. Me gusta esto de ir en coche. Es como ver una película.

Entraron en el aparcamiento del hospital. Scarlett encontró una plaza vacía y aparcó. Se volvió hacia el asiento de atrás y les dijo:

–¡Bueno!

–Ya hemos llegado, ¿verdad? –preguntó Tansey.

–¡Sí!

–Estupendo.

Salieron del coche.

–¡Bueno! –exclamó Scarlett otra vez.

Parecía nerviosa.

Mary rodeó el coche para situarse al otro lado y cogió a Tansey de la mano.

–Hace frío –le dijo–, no es que sea una descarada.

–Ya sé que no lo eres –respondió Tansey.

Mary apretó un poco la mano de su bisabuela y dijo:

–Pero es una sensación agradable.

–Pues qué bien.

–Y un poco extraña.

–Ahora sí que has sido un poco descarada, ¿eh?

–Sí.

–¡Más vale que nos movamos! –las apremió Scarlett.

La hora de visitas estaba a punto de terminar.

–Espera un momento –pidió Tansey.

Soltó la mano de Mary y se colocó bajo un tubo fluorescente del aparcamiento.

–¿Me veis?

–Apenas –dijo Mary.

Daba repelús, porque era como si Tansey desapareciera, incluso como si se descompusiera. Mary corrió hacia ella y la cogió de la mano.

–Eres un encanto –le dijo Tansey–. ¿Soy más nítida ahora? –le preguntó a Scarlett.

–¡Diría que sí! Aunque... ¡no lo sé! A lo mejor me lo parece porque me lo has dicho.

–Pero ¿me ves?

–Verte, sí, te veo.

–Entonces, ¿nos arriesgamos? –le preguntó Tansey a Mary.

–Claro –respondió esta–. Pero ¿y si no funciona?

–Pues docenas de personas sufrirán un ataque al corazón –respondió Tansey–. Pero como estamos en un hospital, los atenderán. De todas formas, este sitio en el que dejáis los coches no me gusta.

El aparcamiento era un edificio feo y pelado, sin ventanas ni colores.

–¿Por dónde se sale? –quiso saber Tansey.

–Hay un ascensor.

–¿Un qué?

El ascensor no funcionaba, de modo que fueron por las escaleras. Tansey iba pegada a la pared para apartarse de las luces. No se cruzaron con nadie que subiera mientras bajaban hacia la salida, ni en la acera que conducía a la puerta principal del hospital.

Fueron por la hierba, evitando las farolas que proyectaban grandes círculos de luz sobre la acera. Allí había más ajetreo, gente que salía del hospital, hacia ellas. Había grupos de personas con aspecto triste; personas de edades diversas, familias que venían de ver a seres queridos a los que habían tenido que dejar en el centro. Otras iban solas, cabizbajas y cansadas. Nadie prestó demasiada atención a aquella familia diferente, formada por una hija, una madre y una bisabuela difunta, que avanzaba en dirección contraria a los demás, o eso parecía, a aquellas horas de la noche.

–¡Hasta ahora, todo bien!

Pero se estaban acercando a la entrada principal. Para acceder, tendrían que salir del césped y ponerse bajo las luces fluorescentes del vestíbulo del hospital. Estaba tan iluminado que las ventanas parecían pintadas con esmalte blanco.

Tansey se detuvo.

–Creo que me hará falta algo más que la mano de una niña para atravesar todo este resplandor.

–Yo no soy una niña.

–Por supuesto que no –dijo Tansey–. Vamos.

Se cogieron de la mano con fuerza y cruzaron el césped, de cara a aquellas personas en bata y zapatillas que había alrededor de la entrada de pie o en sillas de ruedas, charlando y tosiendo, suspirando y riendo. Los dedos de Tansey no entraban en calor pese al contacto de la mano de Mary, pero esta ya ni lo notaba porque estaba pendiente de los pacientes del vestíbulo y sus rostros. No miraba a Tansey... Le daba miedo mirarla. Allí dentro había muchísima luz, más luz que a plena luz del día. Era una luz espantosa que daba dolor de cabeza y parecía desteñir el color de la ropa y el pelo. Todo era gris. Mary empezaba a pensar que Tansey pasaría desapercibida entre aquellas personas, porque todas tenían un aspecto gris y fantasmagórico... Pero entonces oyó un grito ahogado.

Apartado de la luz, había un hombre sin piernas en una silla de ruedas. Miraba fijamente y con la boca abierta algo que había junto a Mary. Un cigarrillo le colgaba del labio. Aún no lo había encendido, y la llama del mechero empezaba a chamuscarle la barba.

–Un fantasma.

Mary no lo oyó, pero supo que había susurrado esas palabras.

Entonces miró a Tansey. Su bisabuela brillaba. Mary veía a través de ella a pesar de ir cogidas de la mano, que aún tenía un tacto sólido y frío. Sin embargo, aunque el tacto fuera sólido y frío, casi era imperceptible. Tansey se estaba desvaneciendo. El hombre de la silla de ruedas no dijo nada más, pero Mary notó que los dedos de Tansey se escurrían de su mano.

Ahora había más hombres y mujeres que las miraban, que miraban fijamente al lugar donde había estado Tansey. Tenían gestos de desconcierto más que de espanto.

–¡Seguid andando! –ordenó Scarlett.

–Pero...

–¡Actúa con normalidad, Mary!

¿Que actuara con normalidad? ¿Y cómo se actuaba con normalidad? Le había dado la mano al fantasma de una mujer que había muerto en 1923 y que parecía haberse evaporado justo cuando empezaba a conocerla mejor. Y un hombre sin piernas y con la barba en llamas la miraba fijamente, además de otras personas.

Se habría echado a llorar.

Pero siguió andando. Su madre la cogió de la mano que le había dado a Tansey. En una situación normal, Mary no se lo habría permitido. Era demasiado mayor. Pero la mano de su madre era cálida, y esa mano, y esos dedos, le decían que su madre la necesitaba... y Mary también la necesitaba a ella.

Pasaron entre el humo y las miradas. Mary quería volverse hacia atrás para mirar, para comprobar si veía a Tansey, o un atisbo de Tansey, pero no miró. Las puertas de la entrada se abrieron y madre e hija entraron derechas al vestíbulo sin soltarse de la mano.

Tansey

Tansey contemplaba a aquella niña pequeña que jugaba junto al pozo. Aquella niña era su hija. Jugaba a tirar piedras dentro, inclinándose para oír cuánto tardaban en llegar al agua oscura del fondo.

Era una niña pequeña, pero crecía de día en día. El abrigo verde ya no le iba bien. Un día, cuando empezó el invierno, Tansey la vio con un abrigo nuevo. Sabía que era invierno por la inclinación del sol, no por el frío, que no sentía. Le habría gustado notarlo, pero no podía. Al ver a Emer con el abrigo nuevo, dos sentimientos le atravesaron el corazón: el orgullo y la pena. Emer estaba creciendo –ya era una niña alta y tenía las piernas largas como un potrillo– y lo único que Tansey podía hacer era mirarla. Otra persona, y no ella, había elegido el abrigo nuevo. El día que fueron a comprarlo, la excursión a Enniscorthy o incluso Wexford, la aventura de un día fuera, todas esas cosas que Tansey había estado esperando con tanta ilusión... ya nunca podría vivirlas.

No podía acercarse a su hija. Nunca, jamás, asustaría a Emer. Tansey estaba muerta. Hacía tres inviernos que estaba muerta, pero no era capaz de marcharse para siempre.

El de Emer era un rostro menudo y triste que buscaba piedrecitas. Cuatro de los galgos la miraban desde el otro lado de la valla, pero Emer nunca miraba hacia allí. Siempre los evitaba, incluso sin pensar en ello. Iba de acá para allá y miraba a todas partes, salvo a los perros.

Hasta que encontró la piedra que buscaba. Tansey vio que era más grande que las demás. Emer se limpió los mocos en la manga del abrigo. El trabajo de una madre era procurar llevar siempre un pañuelo. Emer volvió al pozo. Se inclinó sobre el brocal. Levantó un pie del suelo. Tansey estaba esperando a que Emer tirara la piedra al pozo, pero no la tiraba. Bajó el pie y, al instante, subió los dos pies a la vez. Tansey supo enseguida que aquello era algo distinto, que su hija estaba en peligro.

Cruzó el patio a toda prisa, atravesó la valla, derecha hacia los galgos. Éstos no la veían, pero sabían que estaba allí... y enloquecieron. Empezaron a dar mordiscos al aire y a girar sobre ellos mismos, armando tal escándalo que la madre de Jim salió corriendo por la puerta de atrás en cuestión de instantes. Agarró a Emer a tiempo y la apartó del pozo.

Emer se quejó.

–¡No iba a caerme! ¡De verdad!

–¡Alma mía! –exclamó la madre de Jim.

–Solo estaba tirando piedras.

–¡Diablillo! Mira que te lo he dicho otras veces...

–¡No iba a caerme!

–De no ser por los perros, te habrías ahogado.

–Los odio.

–Te han salvado.

–¡No, no me han salvado! ¡Me he salvado yo sola!

Tansey había vuelto a cruzar el patio para quedarse en la penumbra de la sala de ordeño. Solo podía observar y solo podía desear que aquellas palabras de enfado no fueran dirigidas a ella. Se quedó a contemplar cómo Emer seguía a su abuela y entraban por la puerta de atrás. Esperó hasta que se cerró.

—¿**A**buela? —Mary miraba los ojos de su abuela.— ¿Abuela?

Emer los abrió.

—Has vuelto, ¿verdad?

—Sí —respondió Mary, y le pareció que hablaba como Tansey.

—¿Has venido sola?

—No.

—¿Y dónde está tu madre?

—Está hablando con un médico.

—Ay, no tendría que hablar con esos tipos. No saben ni la mitad de lo que creen saber.

—Le ha ido a preguntar si podemos... si podemos llevarte con nosotras.

—Bueno, bueno... No sé si estoy en condiciones para una excursión al zoo o a la costa. Si es ahí donde queréis llevarme. —Con la mano, que tenía apoyada sobre la almohada, y los hombros hizo ademán de incorporarse.– Pero ¿sabes qué? Estoy muy contenta de verte de todos modos. Eres como un tónico.

–¿Como una tónica o un *gin-tonic*?

–Exactamente.

Mary la ayudó con una de las almohadas, colocándosela en la espalda.

–¿Y dices que tu madre está hablando con un médico?

–Sí.

–¿Con el grandullón?

–No. Con una mujer.

–¡Ah! Estupendo.

Miró con ternura a Mary y le susurró con voz seria:

–La verdad es que no estoy muy bien, ¿sabes?

–Ya lo sé. Ya lo sabemos.

–Ya lo sabemos –repitió su abuela–. Entonces, ¿para qué sacarme de esta cama?

Mary se paró a pensar un momento.

–Para que conozcas a alguien.

–Oh.

–A alguien especial.

–Oh... Alguien especial. Supongo que te referirás a Elvis, ¿no? –preguntó, sonriendo.

–No, mejor.

–¿Mejor que Elvis?

Hablaban en broma, pero era una conversación seria. Mary y su abuela lo hacían a menudo cuando estaban a solas.

–Sí, muchísimo mejor que Elvis.

Scarlett entró en la habitación. Se sentó en la cama.

–El médico ha dicho que no hay ningún problema –anunció a Mary y a Emer.

–¿Que no hay ningún problema? –preguntó esta.

–Que no hay ningún problema en sacarte de aquí unas horas –aclaró Scarlett–. Así que, mamá, ¿te queda algo de espíritu aventurero?

–¿Aventurero?

–Sí.

–¿Hablas en serio?

–Sí.

Emer cerró los ojos y volvió a abrirlos, como para asegurarse de que Mary y Scarlett aún eran reales y estaban allí.

–Pues sí, creo que algo de espíritu aventurero aún me queda. Y será agradable alejarse de tanta tos y tanto bufido. –Se sentó en la cama como no lo había hecho desde hacía más de una semana.– Madre mía... Eso lo he notado. –Apartó la sábana que la cubría.– Mirad qué piernecillas se me han quedado. Soy como un pollo en un estante del supermercado.

–¡Qué dices, abuela!

–Coooc, coooc, coooc...

Emer movió las piernas a un lado de la cama y las dejó caer. Los dedos casi le tocaban el suelo.

–Sigo siendo Emer la larguirucha. Acércame el hombro, Mary.

Mary se puso de pie junto a su abuela y esta apoyó una mano sobre el hombro de su nieta.

–Has vuelto a pegar un estirón.

–¿Tú crees?

–Sí, has crecido.

–Qué bien.

Apoyándose sobre el hombro de Mary, Emer se levantó.

–Madre mía. Hacía meses que no era tan alta –dijo, dio un paso y Mary dio otro con ella–. Muy bien, Mary. –Dio otro paso.– No tiene ningún secreto. –Y otro.– Madre mía. Y otro más.

–¿Estás bien? –preguntó Scarlett.

–Estupendamente –respondió Emer, y se apoyó en Mary–. Estoy estupendamente. Pero voy a necesitar una de esas sillas de ruedas para el resto del viaje, dondequiera que vayamos, porque estas piernas achacosas me tiemblan.

–¡Hay una silla de ruedas justo detrás de ti!

–Perfecto. Espero que sea una Rolls-Royce.

Seguía apoyada sobre el hombro de Mary. A través de la capucha, Mary notaba los dedos de Emer, y le pareció que su abuela se ponía nerviosa al inclinarse para sentarse en la silla.

–Ya está. He aterrizado sin ningún percance.

La enfermera simpática pasó por delante de la puerta y, al verla, exclamó:

–¡No me diga que se va!

–Sí.

–¿A algún sitio bonito?

–Con esta tropa cualquier sitio es bonito.

–Procure abrigarse bien. Esta noche hace un frío que pela.

Scarlett le tapó las piernas con una manta.

–Qué bien se está así –agradeció Emer.

Mary y Scarlett cogieron todo lo que les pareció que Emer podía necesitar, como la bata, el monedero, el bolso, las zapatillas, el abrigo y una rebeca.

Mary se puso de rodillas delante de la silla de ruedas.

–No me atropelles, abuela.

Le calzó las zapatillas, mientras Scarlett le echaba la bata sobre los hombros.

–Qué a gusto... ¿Me podéis recordar por qué nos vamos?

–Porque vas a conocer a alguien –respondió Mary.

–Ah, sí, ya me acuerdo. ¿Y a quién?

–A alguien especial.

–Es verdad.

–Alguien que tiene muchísimas ganas de conocerte.

–Estupendo. Pero ya estoy demasiado vieja para volver a casarme, ¿sabéis?

Scarlett se rió.

–¡¿Lista?!

–Levad anclas –respondió Emer.

12

Los fantasmas no duermen.

Pero a veces cierran los ojos.

Tansey tenía los ojos cerrados cuando oyó la puerta del coche. Al abrirlos, vio el rostro de Mary.

–¿Cómo has entrado sin llave? –le preguntó.

–Bueno, es uno de los trucos que sé hacer. He pensado que más valía esperar aquí, sin que nadie me viera. Y se está bien.

Por encima del hombro de Mary, vio el rostro de Scarlett. Entonces madre e hija se hicieron a un lado y Tansey vio una cara nueva.

Esa cara nueva miró a Tansey.

–¿Emer? –preguntó Tansey.

–¿Qué?

–Tú eres Emer.

–Sí, ya lo sé.

Scarlett y Mary volvieron a acercarse a los lados de la

silla de ruedas de Emer, frente a la puerta trasera abierta del coche. Tansey se limitó a mirar mientras su hija, su anciana hija, apoyaba una mano sobre el brazo de la silla y la otra sobre el hombro de Mary para levantarse. Así lo hizo. Su rostro y su cabeza desaparecieron unos instantes de la vista de Tansey. Entonces volvió a verlo, aumentando de tamaño al entrar en el coche con la ayuda de su nieta, hasta quedarse sentada junto a Tansey. Desde allí oían a Scarlett intentando plegar la silla y guardarla en el maletero.

–¡No puedo! –le oyeron decir.

–A ver si yo puedo –oyeron luego a Mary.

–Creo que hay que apretar esto de aquí.

–¡Cuidado con los dedos!

–Ya... ¡Ay!

Tansey y Emer se estaban mirando.

–¿No me reconoces, Emer? –le preguntó Tansey.

Emer la miró. La miró y la miró hasta que, poco a poco, empezó a reconocerla. El rostro de Tansey era borroso, como si estuviera oculto tras una máscara hecha de un material muy fino. Aquel material era cada vez más fino. Y Emer sabía a quién tenía ante sí.

–Creo que ya sé quién eres –dijo en voz muy queda.

–Muy bien.

–Eres mi madre.

–Sí.

–¿Has venido a buscarme?

–Todavía no. No hay prisa.

–Pero estás muerta.

–Sí.

Oyeron el golpe de la puerta del maletero al cerrarse. Scarlett y Mary pasaron junto a las ventanas de atrás y, exactamente al mismo tiempo, abrieron sus respectivas puertas para entrar en el coche. Se sentaron en silencio, sin atreverse apenas a darse la vuelta y mirar a las mujeres del asiento de atrás. Estas no se decían nada, y tampoco se oía la respiración de Emer.

—Así que eres un fantasma —dijo esta al fin.

—Sí, un fantasma.

—Un fantasma sentado en el asiento trasero de un coche.

—Sí.

—Esta sí que es buena. No lo había visto nunca, ni siquiera en una película. Un fantasma que va en coche.

Volvieron a callar unos momentos demasiado largos.

—¿Vamos a dar una vuelta? —propuso Scarlett, mirando por el espejo retrovisor; vio a su madre, pero no a Tansey—. ¡¿Se ha ido?!

Al instante, Scarlett se volvió hacia atrás y vio a su difunta abuela mirándola de frente. Scarlett soltó un grito... y todas hicieron lo mismo, o eso pareció. De hecho, todas gritaron a la vez, pero los gritos sonaron dentro del coche de tal manera que rebotaron y aún se oían cuando las cuatro se echaron a reír.

—¡Qué susto me he dado! ¡Perdonad! —se disculpó Scarlett.

—¿Te has asustado por lo del espejo? —le preguntó Tansey.

—¡Sí! ¡No te veía!

—Los fantasmas no se ven en los espejos, mamá —le explicó Mary—. No tienen reflejo. Ni sombra.

—Ah... No lo sabía.

—Si lo sabe todo el mundo —dijo Emer.

–¡Pues yo no!

–Pues deberías saberlo –insistió Emer–, en vez de gritar de esa manera y asustarnos a todas.

–Emer –dijo Tansey.

–¿Qué?

–No seas insolente –la riñó Tansey–. Pídele perdón.

–De ninguna manera. ¿Por qué debería disculparme?

–Soy tu madre –le dijo Tansey–. Así que haz lo que te digo: pídele perdón.

–Perdona, Scarlett.

–Esto sí que es raro –comentó Mary–. Y esto no es ser insolente en absoluto.

–¿Qué tiene de raro? –preguntó Emer.

Trató de inclinarse para ver mejor el rostro de su nieta, pero no pudo.

–A ver: para empezar, tu madre es más joven que la mía.

–Eso es envidia. Pero tienes razón –dijo Emer, al tiempo que miraba a Tansey–. ¿Eres un fantasma de verdad?

–Claro que sí.

–¿Y eres mi madre de verdad?

–Sí, claro que sí.

–Entonces yo os diré lo que es raro: que todo esto no me sorprenda nada.

–Y eso aún lo hace más raro –dijo Mary.

–Sí, supongo que es verdad –dijo Emer.

El aparcamiento se había ido vaciando. El último visitante del hospital ya había salido y solo quedaban unos cuantos coches vacíos, en un espacio pensado para dar cabida a cientos.

–¡Vamos a algún sitio!, ¿no? –propuso Scarlett.

Giró la llave en el contacto y luego se detuvo.

–No quiero ser insistente –añadió.

–Pues yo no quiero quedarme aquí –dijo Mary–. Me da repelús. Y esto tampoco es una insolencia.

–¿Y adónde vamos? –preguntó Scarlett.

–Tengo hambre –dijo Mary.

–¿Tienes hambre, mamá? –preguntó Scarlett.

–No –respondió Emer.

–Ojalá tuviera hambre –dijo Tansey a su vez.

–Bueno, ¿y adónde vamos?

Emer trató de inclinarse hacia delante de nuevo, y esta vez lo consiguió. Con el rostro junto al hombro de Mary, dijo:

–Quiero ir a Wexford.

–¡¿A Wexford?!

–A Wexford –confirmó Emer–. A la granja. Quiero ver la granja; quiero ir allí.

Dicho esto, volvió a acomodarse en su sitio.

–¡Pero es que queda tan lejos! –objetó Scarlett–. Y es de noche y muy tarde y...

–Yo también quiero ir –secundó Tansey.

–¡Es que le he dicho a la doctora Patel que volvería a traer a mamá... a Emer... dentro de una hora!

–Yo también quiero ir a Wexford –dijo a su vez Mary.

–¡Pero si la granja ya no es de la familia!

–Solo quiero verla –dijo Emer–, no quiero robarles el ganado.

–Eso ha sido otra insolencia, Emer –la riñó Tansey.

–Disculpa, Scarlett, cariño.

–¡De acuerdo! –cedió esta–. ¡Pues vámonos a Wexford!

–¡Qué bien! –exclamó Mary.

Scarlett arrancó el coche. Antes de quitar el pie del freno, Scarlett y Mary oyeron una voz procedente del asiento de atrás.

–Tengo que hacer pis.

–¡¿Quién ha dicho eso?!

–Los fantasmas no hacemos pis, cariño –dijo Tansey.

Mary se incorporó un poco para poder mirar por el espejo retrovisor. Solo vio a su abuela. No había ni rastro de Tansey. Aun así, no se volvió, sino que siguió mirando por el retrovisor.

–¿Tienes que hacer pis, abuela? –le preguntó, y vio que su abuela cerraba los ojos.

El coche estaba a oscuras, pero había una luz fluorescente en el techo bajo del aparcamiento, justo detrás de la ventana posterior del vehículo, de modo que veía perfectamente a su abuela. Se había dormido.

–¡Ponte el cinturón, Mary! –le ordenó su madre.

–Enseguida.

La abuela de Mary se había dormido, apoyándose contra un bulto que Mary no veía, como si se tratara de una mano invisible que le impedía caer de lado. Y había algo más. Mary se fijó en una de las manos de su abuela. Parecía sostenerse sola en el aire, agarrando algo imperceptible. Entonces se dio la vuelta y lo vio. La mano de su abuela estaba sobre el regazo de Tansey, cogida de la mano de esta.

–Es genial –dijo Mary.

Tansey le sonrió.

Y Mary se puso el cinturón.

13

Todo estaba en silencio. Scarlett conducía. Mary miraba por la ventanilla. No pidió música ni comida. Su abuela dormía, y Mary sabía que aquel viaje era especial. Había sido algo espontáneo. En realidad, era un viaje imposible: cuatro generaciones de mujeres –«Soy una *mujer*», se dijo– que emprendían un viaje en coche. Una estaba muerta, otra se estaba muriendo, una conducía y otra simplemente estaba allí. *Soy una mujer.* A través de la ventanilla, distinguió dónde estaban. Seguían en Dublín e iban por la carretera de la costa. Las luces iluminaban lugares y edificios que había visto otras veces. Las grandes chimeneas de la central eléctrica quedaban detrás, y acababan de pasar una de aquellas cosas..., un fuerte circular..., construidas cuando Napoleón Bonaparte, o alguien parecido, pretendía invadir Irlanda..., o algo así. Entonces recordó el nombre del lugar: Sandymount.

En un momento dado, el mar desapareció de la vista y entraron en una autopista. Mary se dio cuenta por cómo su madre apretó el acelerador y el coche ganó velocidad. A partir de entonces, ya no sabía dónde estaban. Durante un rato, solo se veía carretera. No había nada más que ver en medio de la oscuridad.

–No hay curvas.

–¡¿Quién ha hablado?!

–Yo –respondió Emer.

–¡Estás despierta!

–Es bueno saberlo.

Mary se dio cuenta, de pronto, de que ella también se había dormido, pero ya estaba despierta, y muy despierta. La voz de su abuela la había despertado, o eso creía. Se dio la vuelta para verla bien.

–¿Qué has dicho, abuela?

–Que no hay curvas.

–¿Cómo que no hay curvas?

–Que esta carretera no tiene curvas –explicó Emer–. Y debería haber. ¿Seguro que vamos en buena dirección?

–¡Sí!

–Entonces, ¿dónde está Ashford?

–La autopista circunvala el pueblo.

–¿Cómo?

–Que lo circunvala.

–Dios mío.

Se quedaron en silencio un rato.

–Entonces, ¿ya no hay curvas en esta carretera, Scarlett?

–¡No! O, al menos, que yo sepa. Es toda recta. Lo siento.

–A mí siempre me ha gustado una buena curva –dijo Tansey, que no hablaba desde hacía un buen rato.

–Ay, sí –afirmó Emer–. No hay nada como una buena curva.

–Nunca sabes qué te puedes encontrar.

–Tienes toda la razón..., mamá.

Mary oyó a las dos mujeres del asiento de atrás soltando unas risillas.

–¿Qué os parece tan gracioso?

–Yo –respondió Emer–, que he llamado a esta «mamá». Es divertidísimo.

–Es que es tu madre.

–Ya lo sé. Pero sigue siendo divertido. Al fin y al cabo, yo tengo ochenta y tantos..., ya he perdido la cuenta..., pero es que ella tiene más de cien.

–Sí, tengo más de cien.

Mary sonrió, pero empezó a preocuparse al ver que su abuela volvía a cerrar los ojos. Percibió algo inusual, incluso en la oscuridad, o precisamente debido a la oscuridad... Era como si el rostro de su abuela también se apagara, como si hubiera dejado de ser su abuela, o cualquier otra persona. Pero Mary no apartó la mirada a pesar de lo extraño que era mirarla mientras el coche avanzaba y ella iba atada con el cinturón. Antes de apartar la vista, quería ver algo, algo que la tranquilizara, un pequeño movimiento muscular, algún indicio de que su abuela solo dormía.

–Quizá deberíamos haber esperado a que fuera de día –sugirió Tansey–. Aquí no se ve nada.

–Solo oscuridad –afirmó Emer sin abrir los ojos.

Mary se rió y se dio la vuelta, para volver a estar de cara.

–¿Dónde estaríamos ahora si pudiéramos verlo? –preguntó Tansey.

–¡Estamos pasando por Arklow! –anunció Scarlett.

–Gracias a Dios –dijo Emer–. Es un alivio poder circunvalar ese pueblo.

–Entonces no estamos muy lejos –dijo Tansey.

–¡No!

Después nadie abrió la boca en un buen rato.

A lo lejos se veían casas de labranza. Era casi medianoche y casi todas las ventanas estaban a oscuras; Mary se puso a contarlas hasta que llegó a siete, luego hubo una interrupción y se olvidó de seguir contando.

–¡Gorey!

–¿Dónde?

–Lo estamos pasando.

–¿Por qué lado?

–¡No lo sé! –dijo Scarlett.

–Esto es de locos –dijo Tansey–. ¿Ya no se puede entrar en Gorey? ¿Solo se puede pasar de largo?

–Claro que se puede entrar en Gorey –explicó Scarlett–. Solo hay que tomar una salida de la autopista.

–Yo solía trabajar en Gorey –les contó Tansey–. Ahí conocí a Jim, el padre de Emer.

–¡¿Queréis que pasemos por Gorey?!

–No –respondió Tansey–. No sería lo mismo. Prefiero no verlo.

–Pues Gorey no está tan mal –dijo Emer.

Las mujeres sentadas atrás volvieron a soltar unas risillas. Esta vez Mary no las miró. Dejaron de reírse y el coche se quedó en silencio otra vez. Solo se oían las ruedas sobre la carretera; Mary no oía nada más. Luego vio que su madre bostezaba.

–¿Estás cansada?

–¡No!

–Mentirosa.

–¡Oh! –exclamó Scarlett–. ¡Mirad!

Llegaban al final de una carretera larga y recta, donde había una rotonda. Parecía que el coche no hubiera reducido la velocidad en siglos. Mary notó en el pecho una leve presión contra el cinturón de seguridad.

–¿Ya hemos llegado?

–¡Aún no!

Por delante ya se distinguía el perfil de Enniscorthy, la catedral y, alzándose sobre el río, la cumbre redonda de Vinegar Hill.

–¡Mirad! –exclamó Tansey–. El castillo sigue ahí.

–Claro que sí –aseguró Emer.

Cruzaron el pueblo despacio.

–Ha crecido desde entonces –observó Tansey–. Hay más edificios y esquinas.

–No queda mal.

–Sigue siendo el mismo pueblo.

–Desde luego.

–Un pueblo como los de antes.

–No es de los peores.

Cruzaron el río.

–¿Cómo se llama este río? –se interesó Mary.

–¡Es el río Slaney!

–Sigue siendo exactamente igual.

–Yo diría que el agua es diferente.

–Sí, seguro.

–¡Ya casi hemos llegado!

–Sí, ya lo sabemos. Ya lo sabemos –dijo Tansey–. Estamos en la recta final, sí señor.

–Me sé el camino de memoria –dijo Emer–. Cada recodo.

–¡Yo también! –dijo Scarlett.

–¿Y cómo es que yo no me lo sé? –preguntó Mary.

–¡¿Qué quieres decir?!

–Pues que las tres os sabéis el camino, menos yo. He oído hablar de la granja y todo eso..., pero nunca he estado. ¿O sí?

–¡No, nunca has estado!

–¿Y por qué no?

–Porque se vendió.

–¿Por qué?

–Porque no quedó nadie para cuidarla –dijo la abuela, detrás de ella–. James el Niño nunca se casó. Creo que también tenía miedo. La abuela era una gran mujer, pero podía ser terrible.

–¡Pero Tansey vivió con ella! –dijo Scarlett–. ¿Verdad, Tansey?

–Sí. Pero es que yo también era algo terrible.

–La abuela se volvió terrible con la edad –explicó Emer.

–Suele ocurrir –dijo Tansey.

–De todos modos –añadió Emer–, no creo que James el Niño pensara que era buena idea meter a otra mujer en casa. Y cuando la abuela murió, en fin, el pobre James ya era demasiado mayor –dijo y tosió–. Madre mía, estoy agotada después de hablar tanto.

–¿Quién le puso James el Niño?

–¿Qué?

–Todos –dijo Emer–. Era su nombre.

–¿Su nombre? ¿James el Niño?

–Siempre fue James el Niño.

–¿Y esperabais que alguien quisiera casarse con él? ¿Con un hombre llamado James el Niño?

En el coche se impuso el silencio.

–En eso tienes razón –concedió Emer–. La verdad es que sí. Pobre James...

Cuando todas dejaron de reírse, Scarlett preguntó:

–¡¿Y quién compró la granja?!

–¿Qué?

–¡Que quién compró la granja!

–No me acuerdo.

–¡Yo sabía el nombre! –aseguró Scarlett–. Creo que fueron...

–Ah, ya me acuerdo –la interrumpió Emer–. Fueron los Furlong.

–¡Los que tenían la granja al final del camino!

–Esos –confirmó Tansey–. Coolnamana.

–Así se llamaba la granja, sí –afirmó Emer.

–Y compraron la nuestra, ¿no?

–Sí –dijo Emer–. Ollie Furlong tenía cuatro hijos. Y el pobre James el Niño..., perdón, James el Hombre..., que solía jugar al *hurling* con Ollie, vivía solo, sin nadie que le ayudara en la granja. Un día se rompió un brazo. James el Hombre siempre tenía algo roto. Así que...

–Se la vendió a Ollie Furlong.

–No –dijo Emer–. Tardó mucho en venderla. La mantuvo. Le encantaba la granja. Pero cuando ya fue demasiada carga, renunció a ella. Fue muy triste.

–¿Y dónde se fue a vivir? –quiso saber Mary.

–Se quedó en la misma casa –dijo Emer–. Pero, claro, al poco tiempo murió.

–¡Casi hemos llegado!

–Esta carretera es ancha y estupenda.

–¿Y ahora quién vive allí?

–No lo sé –respondió Emer–. Me imagino que un Furlong. O alguien relacionado con esa familia.

–O nadie.

–¿Tú crees que podría estar deshabitada? –aventuró Emer–. Yo no lo creo. Era una casa magnífica. Alguien tiene que vivir allí.

–Sí, claro –dijo Mary–, y pasaremos después de la medianoche para charlar un rato, como si fuera lo más normal.

–¡Un poco raro sí que es!

–Nos soltarán los perros –dijo Tansey.

Mary oyó un gritito. Se dio la vuelta y vio a su abuela –o la cara de su abuela– y el pavor que se había apoderado de ella.

–Tranquila, tranquila –la calmó Tansey, y Mary vio cómo le daba unas palmaditas en el brazo a Emer–. No lo haremos. Pero ¿qué clase de idiotas somos, que podemos ir llamando a la puerta de un desconocido en mitad de la noche?

–Podríamos esperar a que amanezca.

–¿Dónde?

–¡En el coche!

–Serán muchas horas –objetó Emer con preocupación–. Y, otra cosa...

–¿Qué, cariño?

–No quiero cruzar un patio lleno de galgos ni de día ni de noche. No pienso hacerlo... ni aunque pudiera.

El coche volvía a reducir la velocidad. Mary vio que su madre ponía el intermitente y miraba por el espejo retrovisor para desviarse de la carretera y pararse en el arcén.

–¡A ver! ¡Tendremos que decidirnos! ¡Porque estamos a un minuto de allí!

Paró el coche. El pueblo ya se veía al final de la carretera.

–Entonces, ¿qué hacemos? –las apremió Scarlett–. ¿Nos quedamos o volvemos?

Al mismo tiempo que Mary, Scarlett se dio la vuelta para mirar a su madre y a su difunta abuela, de manera que casi chocaron con la cabeza, pero ni llegaron a rozarse, y lo que Emer y Tansey vieron, en el hueco entre los asientos delanteros, fueron dos caras juntas, que las miraban.

–Bueno –insistió Mary–. ¿Qué hacemos?

14

Decidieron ir andando.

Scarlett y Tansey decidieron por todas. Se acercarían caminando, de manera que verían la antigua casa y el patio, sin molestar a nadie que durmiera con las luces o el motor del coche.

—Es una idea estupenda —dijo Tansey.

—¡Perfecto!

—Hay un problema —objetó Emer.

—¡Los galgos!

—No, de los perros ya nos ocuparemos cuando lleguemos.

—¿A que lo adivino, abuela? Estás muy enferma.

—¡Oh! —exclamó Scarlett—. Se me había olvidado.

—La verdad es que has estado tanto tiempo en el hospital..., ¿verdad, abuela?

—No hace falta que se lo refriegues por las narices, Mary —le dijo su madre.

–Pero ¿cómo sugieres resolver el problema de que la abuela no puede andar?

–¡Fácil! ¡Sacaré la silla del maletero y así se habrá resuelto el problema de que la abuela no puede andar! ¡Y ya está! ¡¿Qué te parece, Mary?!

–Ahí tu madre te ha pillado, cielo –le dijo Emer.

–Me había olvidado de la silla de ruedas –confesó Mary–. Perdona por la insolencia.

–No pasa nada.

Los dos primeros minutos andando por el margen de la carretera en dirección al pueblo fueron divertidos. A un lado había farolas, de modo que lo veían todo con claridad. Hacía unos años que habían repavimentado la calzada, así que no había baches ni grietas, y Mary empujaba la silla con facilidad. Solo tenían que andar y empujar... y hablar.

–La iglesia no ha cambiado.

–No.

–Pero mira la tienda –dijo Tansey–. ¿Quién es ese tal Spar? En mi época no estaba.

–Eso es el nombre. Están por todas partes. Podría decirse que es como las tiendas Woolworth's, más o menos.

–El *pub* es el mismo.

–Sí.

–Yo nunca llegué a entrar.

–Ni yo.

–Hoy en día creo que dejan entrar a las mujeres en los *pubs*.

–Yo nunca entré en este local en concreto –dijo Emer–. Pero he estado en muchos otros *pubs*.

–¡Bien hecho!

Mary escuchaba la conversación entre su abuela y su bisabuela. Le encantaba su forma de hablar y cómo conversaban. Miró a su madre y se dio cuenta de que ella también disfrutaba de la conversación. Avanzaron dando un paseo, las dos mayores delante y las dos jóvenes detrás, charlando unas, escuchando las otras.

Llegaron al camino que llevaba a la granja.

Era poco más que un hueco en el seto, una senda muy estrecha que se perdía en la oscuridad. La superficie ya no era tan llana como la de la carretera, ya que andaban sobre grava y fango y baches, y seguramente estos serían mucho más grandes más adelante. Las farolas quedaban atrás y ya no sirvieron de nada una vez que giraron la primera curva.

–¿Cuántas curvas quedan para llegar a la casa, Emer?

–Siete. A menos que hayan añadido o quitado alguna.

–Yo diría que siguen siendo siete –dijo Tansey.

–¡No veo nada!

–Ese es el problema –dijo Emer, tratando de volverse para mirar a Mary–. Y no te ofendas, Mary, pero ahora que ya no vamos por la carretera, esto es puro traqueteo, y no me gusta ni un pelo.

–Lo siento, abuela.

–¡Vamos! –dijo Scarlett.

–¿Qué?

Scarlett se agachó delante de su madre y le dio la espalda. Emer entendió de inmediato lo que su hija esperaba que hiciera, así que le rodeó el cuello con los brazos y esperó a que se irguiera. Scarlett se llevó las manos a la espalda y, con delicadeza, levantó las piernas de su madre y se las colocó a ambos lados.

–Dios mío –exclamó Emer.

–¡¿Vas bien así, mamá?! –preguntó Scarlett.

Mary se rió ante la imagen de su madre llevando a caballito a su abuela, pero aunque se riera estaba triste. Su abuela había perdido tanto peso que su madre –su hija– podía cargar con ella.

–Deja la silla en la cuneta y ya la recuperaremos a la vuelta.

Lo normal habría sido que su abuela no fuera fácil de cargar. Era algo extraño y terrible. Aun así, era gracioso.

–¡Arre, caballito! –exclamó Emer.

Las piernas de Emer sobresalían por delante como las barras de una carretilla. Mary notó que una mano le tocaba la suya. Era la de Tansey. Estaba muy oscuro, pero la veía con mucha claridad.

Habían reanudado la marcha. Mary y Tansey iban delante, y Scarlett y Emer detrás.

–Esta es la segunda curva.

–Así es –confirmó Tansey–. Y si obviáramos la curva y siguiéramos todo recto, llegaríamos a la casa de los Furlong.

–Exacto. Ahora empieza a venirme a la memoria.

–En realidad, no se te ha olvidado nunca.

El suelo era muy irregular, de manera que Mary pisaba fuerte porque no sabía qué terreno encontraría a cada paso. Por otra parte, el ir de la mano de Tansey le daba más seguridad, y sabía que mientras fuera a su lado, iba por buen camino.

A ambos lados del sendero había grandes setos.

Emer empezó a toser.

–¿Estás bien, Emer? –le preguntó Tansey.

–Creo que me he tragado una hoja.

–¿Quieres que descansemos un poco?

–De ninguna manera. Esto es magnífico.

Mientras lo decía, pasaron por una parte del seto que se desprendía, lo cual les permitió ver con más claridad.

–El prado.

–Sí.

–Tal como lo dejamos.

Mary distinguió una valla y el prado al otro lado, así como la colina que descendía hasta...

–¿Qué es eso de ahí abajo?

–Es una parte del Slaney.

–¿El río?

–El río.

–Qué pasada...

El Slaney aparecía en su libro de geografía. Era uno de los principales ríos de Irlanda, y en aquel preciso momento, sus aguas corrían cerca de ella. Fluía al lado de la granja de la que venían su abuela y su bisabuela... y, en cierto modo, de donde venía ella misma.

–Es asombroso.

–La verdad es que solo es un río.

–¿Qué hay en ese campo? –preguntó Mary.

–Por el aspecto que tiene, solo barro –respondió Emer, y volvió a toser.

–¿Qué se cultiva en el barro?

–Solía cultivarse cebada –dijo Tansey.

–Y puede que sigan cultivando cebada.

–¡Nos acercamos a la tercera curva!

Pasaron por delante del campo y, al dejarlo atrás, volvió a alzarse un seto a ambos lados del camino, así como árboles cuyas copas se tocaban, de modo que aún estaba más a oscuras. Mary oía las ramas rozándose y gimiendo al viento. Se alegraba de no estar sola, aunque aquel sonido le gustaba y siempre le había gustado.

–Antes se creía que las personas desaparecidas moraban en las copas de estos árboles –les contó Emer.

–¿Te refieres a las personas que morían?

–Exacto. El ruido de las hojas eran sus voces susurrando.

–¿Tú estabas ahí? –le preguntó Mary a Tansey.

–¿Si estaba ahí?

–Sí: si estabas en la copa de estos árboles cuando la abuela era una niña.

–Yo, desde luego, no –respondió Tansey–. Tenía demasiadas cosas que hacer como para andar agitando los árboles.

–Solo quería saberlo –dijo Mary.

–Y yo solo te respondía –dijo Tansey–. Pero eso sí, es un sonido agradable.

–¿El que hacen las hojas?

–Sí, el que hacen las hojas.

–Es agradable, sí.

–Sí.

–¡Cuarta curva! –anunció Scarlett–. ¡Ya me acuerdo!

–A partir de ahora más vale que bajemos la voz.

–¡¿Mamá se ha dormido?!

–No, no me he dormido.

–¡Perdona!

–No pasa nada.

–¡Chis!

Desde allí, Mary olía a las vacas. No era un olor viejo ni lejano, como si las vacas estuvieran en un campo apartado. Era un olor reciente, como si las vacas estuvieran allí mismo...

Mary soltó un grito.

Delante mismo de ella había una cara en el aire.

–¡Dios mío!

Era una cara enorme, con unos ojos gigantes que la miraban, y una lengua que se disponía a...

–Solo es una vaca –explicó Tansey.

–Ya, pero ¿qué hace aquí? –preguntó Mary.

–¿Y por qué no iba a estar aquí? La pobrecilla solo se ha asomado al seto.

Oyeron a Emer roncar como si se hubiera despertado de pronto.

–Esto ya pasaba cuando yo era niña –dijo.

–¡Y cuando yo era niña! –dijo Scarlett.

–¡Chis!

–¡Y en el mismo sitio!

–No creo que sea la misma vaca –dijo Emer–. ¿O sí?

–Imposible –dijo Tansey–. Si lo fuera, el animal tendría casi cien años.

–Entonces lo habrá aprendido de otra. Las vacas se lo habrán transmitido unas a otras a lo largo de los años.

–De vaca a ternero.

–A lo mejor es el fantasma de una vaca.

Mary notaba en la cara el aliento cálido del animal.

–No. Es real –dijo, y miró a su bisabuela–. ¿Tú respiras, Tansey?

–No, gracias a Dios.

Oyeron reírse a Scarlett.

La cara grande de la vaca seguía allí, delante de Mary. De pronto veía algo más: el seto y el resto de la vaca tras este. Así, la cara tenía más sentido. Le parecía graciosa y hasta mona. Sus grandes ojos eran bonitos. Mary vio que la luz de la luna se reflejaba en ellos: en cada uno había una luna minúscula. Le dio unas palmaditas en el morro.

–Es muy gracioso y suave.

–Muy graciosa –corrigió Tansey–. Es hembra.

–Ya se sabe que los mejores animales son hembras –apuntó Emer.

Mary volvió a acariciar la vaca, y esta apretó el hocico contra su mano, como si la saludara y le diera la bienvenida, o eso le pareció a ella.

–Sigamos, Mary –susurró Tansey.

–Adiós, vaca.

Tuvo que rodear la cabeza del animal para poder avanzar, ya que este no se había movido. Desde allí oyó a su madre susurrar:

–¡La quinta curva!

Mary y Tansey seguían cogidas de la mano. La de Tansey estaba fría, pero el tacto era agradable: suave y delicado. Cada vez que Mary estaba a punto de pisar un hoyo o de tropezar con una roca, los dedos de Tansey le apretaban la mano suavemente para advertirla. Por otra parte, las copas de los árboles ya no se cerraban sobre ellas, de manera que la visibilidad era mayor. Había un resplandor pálido y débil tras los setos, como si no pudiera saltarlos para iluminar bien el sendero.

–¡La sexta curva!

–Casi, casi hemos llegado.

Mary nunca había entrado en una granja de verdad.

–¡Séptima... curva!

Aun así, tenía la sensación de que sabía adónde iba, de que ya había hecho aquello antes, de que el olor a ganado, gallinas, maquinaria, aceites, perros... le era familiar.

Casi chocó contra su madre.

–Perdona.

Su madre, cargada con su propia madre a la espalda, se había detenido ante la verja del jardín. Mientras Mary esperaba con Tansey, una nube se desplazó y la luna iluminó el patio solo para ellas.

–¡Dios mío!

La sorpresa no fue grata.

La verja colgaba del poste; nadie la había cerrado en años. El patio estaba vacío. Las malas hierbas habían crecido mucho, como arbustos, y estaban por todas partes. No había animales ni ruido alguno. El lugar estaba en silencio, pero el mayor silencio, el más impresionante, estaba al fondo del jardín.

La casa.

El techo –la techumbre de paja– ya no estaba. Nada estaba en el lugar que le correspondía.

Las cuatro mujeres no se acercaron más. La luz de la luna les mostró que no había cristales en las ventanas. Ninguna luz se reflejaba o titilaba en ellas. La puerta principal tampoco estaba; la entrada a la casa no era más que un agujero con forma de puerta. Seguramente allí, dentro de la casa, la mala hierba habría crecido también, habría brotado a través del suelo, habría trepado por las paredes, se habría enredado en los pasamanos y habría contribuido a que la estructura cayera al suelo, donde se había alzado desde hacía doscientos años.

–Esto ha sido una sorpresa...

–Y nada grata, la verdad.

–Dan ganas de llorar.

–¡Yo ya estoy llorando! –se lamentó Scarlett.

–Yo también –aseguró Mary.

–Bien hecho. Llorad por las cuatro –les dijo Emer, y dio una palmadita al hombro de su hija, que, con cuidado, la dejó en el suelo.

Ya de pie, Emer rodeó la cintura de Scarlett con las manos.

–Lloraremos –decidió–. Y luego dejaremos de llorar. Porque solo es una casa.

–Tiene razón –afirmó Tansey–. Es una pena, pero ya está. No hay más.

Dicho esto, de pie, desde la verja, se echó a sollozar... y eso que, supuestamente, no era propio de fantasmas. Y Mary lo entendió: no estaban llorando por la vieja casa. En realidad, lloraban por ellas, por unas vidas que terminaban y otras que comenzaban. Aquella noche eran cuatro, pero ¿cuántas serían la noche siguiente? Dos de ellas habían vivido en aquella vieja casa sin techo. Y las otras dos, en una casa distinta, en una casa con techo, en Dublín.

Las cosas cambiaban.

Las cuatro se quedaron allí un rato de pie, abrazadas, pero, en realidad, solo tres estaban vivas.

Lloraron y luego dejaron de llorar.

–Tampoco hay galgos –dijo Emer.

–A ti nunca te gustaron –le recordó Tansey.

–Sí, sí que me gustaban... Lo sé ahora que ya no están. Aunque me daban miedo, preferiría verlos aquí que no verlos. En fin...

Tiró de Mary hacia sí y la abrazó.

–Así es la vida –añadió.

15

Eran las tres de la madrugada cuando volvieron a estar en el coche.

–¿Estáis cansadas?

–Sí.

–No.

–¿Sabéis qué? –dijo Emer desde el asiento de atrás mientras Tansey la ayudaba a abrocharse el cinturón–. Estoy todo lo cansada que puedo estar. Pero, aun así, me encantaría volver a sentir el olor del mar. Así que Scarlett, hija querida...

Mary vio cómo la sonrisa de su madre se ensanchaba y le ocupaba todo el rostro.

–¡¿Sí, mamá?!

–¿Puedes hacer que el mar venga a nosotras? ¿O es más fácil que nos acerquemos al mar en coche?

Scarlett arrancó el vehículo.

–¡Vámonos! –exclamó Scarlett–. ¡Nos pilla de camino a casa!

–¿Habrá curvas? –preguntó Tansey.

–¡Sí! –respondió Scarlett–. ¡Curvas y recodos!

–¿Lo has oído, Emer? –dijo Tansey–. Curvas y recodos.

–Más curvas... –dijo Emer–. Me acabarán matando.

Mary escuchaba las risas de las dos ancianas en el asiento de atrás mientras su madre giraba en medio de la carretera desierta para cambiar de sentido.

–¡Vayamos a Courtown! –propuso Scarlett–. ¿Qué os parece?

–Courtown siempre me ha gustado.

–Y a Courtown siempre le has gustado, Emer.

–¿Me llevaste alguna vez a Courtown? –preguntó Emer a Tansey.

–Una vez. Fuimos con tu padre. Antes de que naciera James el Niño..., perdón, James el Hombre.

–¿Nos lo pasamos bien?

–¡Y tanto! Nos lo pasamos de maravilla juntos. Aunque ese día le tiraste el bocadillo a una gaviota.

–Ah, ¿sí?

–Sí.

–¿Y le di?

–Le diste de lleno –respondió Tansey–. En la cabeza. Pero no le hiciste daño. La gaviota cogió el bocadillo con el pico y echó a volar. Ni siquiera le molestó. Y tú echaste a correr tras ella para recuperar el bocadillo. Y te caíste, ¡y cómo chillabas! Medio Wexford pensaría que los ingleses volvían a invadirnos.

Se rieron de buena gana, pero al instante callaron. Mary se dio la vuelta y vio que su abuela se había dormido con la cabeza apoyada sobre el hombro de Tansey.

Esta le sonrió y Mary le devolvió la sonrisa. Luego miró por el espejo retrovisor para ver cómo su abuela se apoyaba en la nada.

–Qué raro...

–¡¿Qué pasa?!

–Muchas cosas a la vez.

Emer se perdió todas las curvas y todos los recodos de la carretera a Courtown. Tardaron unos cuarenta minutos en llegar, pero se despertó en cuanto Scarlett detuvo el coche, en un aparcamiento frente al mar.

–Mirad...

La luna era una línea plateada sobre el agua que atravesaba el Mar de Irlanda hasta Gales.

–Es como un camino mágico.

–Demasiado recto para mi gusto.

Se quedaron contemplando la escena un rato, luego salieron del coche y cruzaron un puentecillo, pasaron por otra carretera estrecha y subieron unas escaleras (Mary ayudó a su abuela) para ver mejor el mar y olerlo, y sentir el viento. Hacía fresco, pero se estaba bien. Mary y Scarlett llevaban puesta una chaqueta, Emer la bata bajo el abrigo y Tansey... En fin, los fantasmas no tienen frío.

Se sentaron en las escaleras, una al lado de la otra y de la otra y de la otra... Mary con Scarlett, con Emer y con Tansey.

–Siempre me ha gustado el olor del mar.

–¡Y el sonido de las olas!

–Eso también.

–Qué aburrimiento –se quejó Mary–. Y ahora estoy siendo insolente.

–¿Te apetece darte un baño, Emer? –propuso Tansey.

–Ah, no... Ya tengo bastante. El agua nunca me ha entusiasmado. Lo que me ha gustado siempre es el olor. –Volvió a toser durante un buen rato y añadió:– No sé nadar, ¿sabes? Nunca aprendí.

–Nunca es tarde para aprender –dijo Tansey.

–Ay, ahora sí... Y no tengo ningún interés en nadar. En cambio, eso de ahí... –dijo, señalando una sala de juegos recreativos que había detrás de ellas, llamada Golden Nugget–, eso sí que era magnífico.

–¿El qué? –preguntó Tansey.

–Todo lo que hay en ese sitio –respondió Emer–. Los bandidos mancos, las máquinas tragaperras y la máquina que te decía la buenaventura aunque fuera una farsa. El ruido y las luces... A Scarlett también le encantaba. ¿Te acuerdas, Scarlett?

–¡Sí!

–Es una lástima que esté cerrado.

–Podemos esperar a que abran.

–No –dijo Emer–. Es igual. Además, nos iremos dentro de un rato.

–De acuerdo.

Emer apretó la mano a su madre y le dijo en voz muy baja, para que Mary no la oyera:

–¿Morir se parece un poco a eso? La otra vida y todo lo demás... ¿es todo ruido y luces?

–No hay nada que temer. ¿Me has entendido?

Emer miró a Tansey.

–Sí –dijo–. Creo que sí.

Se acurrucaron juntas. Y, junto a ellas, Scarlett y Mary se acurrucaron también.

Entonces Tansey se dirigió a las cuatro.

–Nunca estaremos lejos, ¿sabéis? Aunque no nos veáis.

Scarlett se había echado a llorar. Tansey se inclinó a un lado para rodearla con un brazo.

–Cuando quieras ver a tu madre, mírate en el espejo. O mira el rostro de tu hija Mary. O el rostro de la hija de Mary. Emer estará allí. Ya lo verás. Y yo también. Y tú. Y Mary.

Las cuatro volvían a llorar, pero estaban a gusto, era una sensación agradable.

Una sensación magnífica.

–Yo no tengo hija –se lamentó Mary, y se limpió la nariz y los ojos.

Todas se echaron a reír. Incluida Mary. *Yo no tengo hija.* Era lo más gracioso que habían oído nunca.

–Un día la tendrás –dijo Tansey–. O puede que la tengas.

–Eso también es raro –dijo Mary–. Y no es una insolencia.

–Quiero regresar al hospital –anunció Emer.

Y eso las hizo llorar aún más.

–¿Te gustaría venir a casa con nosotras, mamá?

–¿Me lo preguntas a mí, Scarlett?

–Sí, claro.

–Porque es un poco desconcertante. Somos tres madres sentadas una al lado de la otra.

–Bueno, tú eres la madre a la que me dirigía. ¿Te gustaría venir con Mary y conmigo?

–Me encantaría. Pero no. Creo que estaré mejor en el hospital.

–Mamá...

—Me encuentro de maravilla..., de maravilla. Y me lo he pasado estupendamente. He conocido a mi madre... Imagínate.

Se rió y le entró tos.

Empezaba a hacer frío... o eso parecía.

—Ahora me tomaría un helado –añadió Emer–. Un cucurucho.

—Oh.

—Yo también –dijo Mary.

—Son las cuatro de la madrugada –les recordó Scarlett.

—En eso puedo ser útil –dijo Tansey–. Yo traeré los helados. He visto una heladería en el otro lado, con un cucurucho grande en la entrada. Seguramente ahí tienen helados.

—¡Puedes atravesar la puerta!

—Exactamente.

—Genial.

—Pero ¿cómo los pagarás? –preguntó Scarlett.

—Dadme el dinero y lo dejaré en la tienda, junto a la máquina de los helados. Les alegrará el día cuando abran la heladería y nosotras ya estemos en Dublín. Se preguntarán quién habrá dejado el dinero allí.

Regresaron al coche paseando. Tansey iba delante de todas, derecha hacia la heladería, situada al otro lado del aparcamiento. Se detuvo frente a la puerta, emitió un destello y desapareció.

—¡Madre mía! ¡Qué pasada!

Scarlett y Emer se apoyaron contra el coche a contemplar el mar, mientras Mary esperaba el momento de ver a Tansey cruzar de nuevo la puerta de la tienda.

Pero Tansey no salía. Aún era de noche cuando Mary vio algo sobre el tejado de la heladería. Cuatro cosas blancas salieron por la chimenea, seguidas (ahora lo distinguía) de dos manos y dos brazos, los codos, la cabeza y los hombros. Era Tansey, y, por un instante, a Mary le pareció la estatua de la Libertad sosteniendo cuatro antorchas en vez de una.

–Madre mía...

Tansey subió hasta la parte superior de la chimenea, salió por ella y se deslizó tejado abajo. A Mary le dio la impresión de que se deslizaba también por la pared hasta el suelo y, a continuación, la vio dirigirse hacia el coche.

–¿Por qué has salido por ahí? –le preguntó a su bisabuela.

–Podría haber atravesado la puerta porque, en fin, no soy real, y por eso puedo. Cuando quiero no soy sólida. Pero los helados sí que lo son, al menos durante unos minutos, hasta que se derriten. Así que no podía cruzar la puerta con ellos, y el único modo ha sido por la chimenea.

–No se habrán llenado de hollín, ¿no?

–Solo el mío, y no me lo voy a comer. Solamente lo he cogido para acompañaros.

Entregó los cucuruchos y las cuatro se sentaron sobre el capó del coche y siguieron contemplando el mar un buen rato, hasta que Emer estuvo lista para marcharse.

–Ha sido precioso –dijo–. Imaginaos: mi madre ha robado un helado para que pudiera tomármelo.

–No lo he robado –la corrigió Tansey.

–Ah, pero lo que cuenta es la intención.

Cuando llegaron al hospital, la luz del día empezaba a imponerse sobre la noche. Scarlett aparcó el coche frente a la entrada principal mientras empezaba a llover.

No había nadie fuera, de pie frente a la puerta. Era como si el mundo entero aún estuviera durmiendo. A Mary le gustaba aquella sensación. Nunca había estado despierta hasta tan tarde (o tan temprano).

—¡Vamos, Mary! —la llamó su madre.

Abrió la puerta del coche y salió.

Mary enseguida entendió qué estaban haciendo: iban a dejar a Tansey y Emer a solas un ratito antes de que esta volviera a la cama. Así que, después de cerrar la puerta, corrió hasta donde la esperaba Scarlett, bajo la parada del autobús. Se quedaron allí de pie, escuchando las gotas de lluvia contra la marquesina de plástico.

—Hace frío —dijo Mary.

—Sí.

–Es triste.

–Sí, es triste –asintió Scarlett–. Pero también es..., no sé..., maravilloso. ¿No te parece?

–Sí. Pero sigue siendo triste.

–Ya lo sé.

En el asiento de atrás del coche, Tansey y Emer estuvieron un buen rato calladas, mirando la lluvia. Hasta que la lluvia fue tan fuerte que no dejaba ver nada.

–Se mojarán –dijo Tansey.

–Les sentará bien.

–Pero bueno...

Se rieron, pero solo un poco.

–La sensación de la lluvia sobre la piel... –dijo Emer–. Una solo la aprecia cuando está a punto de serle arrebatada.

–No todo es magnífico porque vaya a dejar de existir, ¿sabes? Tú nunca querías comerte los nabos cuando te los preparaba. Siempre dijiste que los odiabas.

–Y aún los odio.

–Pues es algo que no echarás de menos.

–Desde luego que no.

–¿Ves?

–Pero echaré de menos el odio que les tenía.

–¿Has sido así de quisquillosa toda la vida?

–Sí, por supuesto que sí.

–Bien hecho.

Volvieron a guardar silencio. La lluvia resbalaba por las ventanillas. Luego perdió intensidad y el golpeteo dejó de oírse hasta que paró de llover. El sol del alba inundó el coche.

–Será un día bonito y agradable.

–¿Aún tienes miedo, Emer?

–Sí. Un poco. Pero supongo que es normal, ¿no?

–Sí.

–Te lo explicaré de la siguiente manera: estoy algo asustada, pero ya no estoy preocupada. No sé si me explico bien.

–Perfectamente.

Mary y Scarlett vieron que una de las puertas traseras se abría, en concreto, la del lado de Emer. Corrieron hacia el coche para ayudarla a salir. Emer se quedó de pie mirando al cielo.

–Hace un día precioso –dijo.

Mary se asomó al interior del coche. Tansey seguía allí sentada.

–¿No vas a salir?

–No. Aquí estoy de maravilla.

–Vale. ¿Quieres que cierre la puerta?

–Sí, por favor.

Mary se disponía a cerrar cuando Tansey añadió:

–Pero antes quiero decirte algo...

–Dime.

–Recuerda las hojas.

–¿Solo eso?

–Con eso bastará. Bien hecho. Estoy muy orgullosa de ti, Mary. Ya puedes cerrar.

Mary cerró la puerta. Tuvo que hacerlo con fuerza. Luego dio un golpecito en el cristal.

–No quería dar un portazo –se disculpó.

–Eres magnífica –le dijo Tansey desde el otro lado del cristal.

Sacaron la silla de ruedas del maletero y entraron en el hospital. Fueron al ascensor y subieron muy despacio hasta la planta de Emer. Una vez en su habitación, la ayudaron a quitarse el abrigo y la bata.

Emer parecía muy cansada.

–Estoy lista para echarme en la cama. Debo de tener la cara de alguien que ha trasnochado.

–Es que has trasnochado.

–Pues eso. Echadme una mano, muchachas. Soy larguirucha como un galgo, pero, por Dios, parece que la cama haya crecido desde que salí de ella anoche.

La ayudaron a subir a la cama. Emer se tumbó muy despacio y con mucho cuidado y luego murmuró:

–Así... No me falles, espalda mía, no te partas en dos...

Hundió poco a poco la cabeza en la almohada.

–Hemos completado el despegue.

Mary se sentó a su lado en la cama y charlaron un rato, y Scarlett se sentó al otro lado.

–Abuelita, qué ojos tan grandes tienes...

–Para comerte mejor, cariño.

Scarlett se humedeció un dedo y frotó la punta de la nariz de su madre.

–Pero ¿por qué has hecho eso?

–¡Tenías un poco de helado seco!

–¿Helado? –repitió Emer–. Ay, sí. ¿Eso fue anoche?

Mary señaló a la ventana, mostrándole el día radiante.

–Anoche.

–Somos sensacionales, ¿verdad que sí? –dijo Emer.

Y mientras lo decía, se le cerraron los ojos y se durmió.

Mary y su madre esperaron. Luego, se deslizaron con

cuidado de la cama. Las dos se inclinaron y besaron a Emer en la frente.

A continuación, salieron.

Cuando llegaron al coche, en la entrada del hospital había aumentado el ajetreo, y Tansey ya no estaba.

17

Mary se despertó. Estaba en su cama, en casa. La luz estaba apagada, pero las cortinas estaban descorridas, de manera que podía ver a su madre, su padre y sus hermanos de pie junto a la cama.

Se incorporó y se frotó los ojos.

–Has dormido todo el día –le dijo su madre.

–Ah, ¿sí?

–Sí.

Su madre se sentó a su lado.

–Tu abuela se ha marchado.

–¿Adónde?

Entonces lo entendió. Su abuela había muerto.

Abrazó a su madre y a su padre. Incluso abrazó a sus hermanos. El cuarto se inundó de sollozos, resoplidos y suspiros.

Mary volvió a abrazar a Scarlett. Notaba las lágrimas de su madre mojándole un lado del rostro.

La soltó y salió de la cama. Fue hasta la ventana. Scarlett hizo lo mismo, y juntas miraron afuera, contemplaron la noche y los árboles que se mecían. Las farolas iluminaban las hojas y, cuando un coche pasaba, los faros parecían hacerlas bailar. Las hojas temblaban y las ramas se balanceaban.

Scarlett abrió la ventana. Entonces pudieron escuchar las hojas al rozarse y, así, imaginarse que oían las voces y las risas de personas a las que no veían, pero que se movían entre las hojas.

Lloraban, pero sonreían.

—¿Qué hacéis? —les preguntó el padre de Mary.

—Estamos escuchando a la abuela y a Tansey —respondió Mary.

—¿Quién es Tansey?

—Enseguida te lo diremos —contestó Scarlett.

Se quedaron un rato más de pie ante la ventana, abrazadas, llorando.

Entonces Mary tuvo una idea magnífica. Se soltó de su madre, se limpió la nariz y anunció:

—Quiero un galgo.

Índice